當代名家

廖輝英

不歸路

我看《不歸路》

蔣　勳

廖輝英的《不歸路》大約是十多年前看到的作品，給我留下深刻的印象。台灣的小說，在四九年以後，由於政治局勢的變遷，有明顯的變化。原來在日據時代努力於思考台灣困境的文學傳統——賴和、楊逵、吳濁流，在政治的禁忌下戛然中斷。比較不那麼涉及敏感主題的鍾理和、葉石濤，創作未曾中輟，但影響的層面顯然沒有受到較大的重視。

五〇年代台灣的文學隨著國民政府的撤退台灣，帶來了中國大陸的文學工作者，他們把故鄉種種加上一些與政策呼應的反共主題，形成一種難以名之的「外省文學」，姜貴、司馬中原、朱西寧、段彩華，都曾經以小說的形式創造了一種文學潮流。

一九六〇年代以後，以台大外文系爲主創辦的「現代文學」，雖然努力譯介卡夫卡、喬哀斯等西方現代主義文學，企圖在「反共」文藝的悶局中闖出一條新路，但是受現代主義啓發的年輕一代文藝工作者，卻很快地把來自西方現代主義的個人理解結合起台灣當地的現實。白先勇的《台北人》不能做爲「外省文學」看待，因爲是台灣五〇年代至六〇年代的「現實」。王文興、陳映眞、黃春明、王禎和、陳若曦，陸續以現代文學或更晚一點的「文學」季刊爲發表園地的小說家，以現實主義的基礎寫台北、寫花蓮、寫蘭陽平原、寫鶯歌小鎭，爲台灣戰後的小說開啓了第一次豐收的花季。

小說，做爲一種文學形式，注定了它與活生生的人群密不可分的關係。五四運動前後如梁啓超等人的看重小說，是把小說做爲一種「新民」的工具。

小說是不是要擔負這樣沉重的社會使命？小說創作者是不是要「意識地」去背負這種指導？在美學上爭議很大。但是，我們不可不承認的是：小說，的確和現實生活的種種，有千絲萬縷的瓜葛。馬克思在分析十九世紀上半葉的法國社會時，常常看重斯丹達爾或巴爾札克。有趣的是：馬克思不因爲巴爾札克在政治意識上「保皇」的傾向而批判巴爾札克，他卻是以文學的眞正內涵極力讚美巴爾札克提供的社會心靈的紀錄。

在八〇年代閱讀廖輝英的《不歸路》，使我有多重的思考，關於女性在台灣工商業化之後的角色，農業人口擁入城市，農村女性變成加工出口區的女工，以勞力換取生活，但是，工商業暴富的男性，依循著傳統的習慣，以女性的占有爲富有的另一滿足，《不歸路》中的「外遇」似乎不只是單純的外遇，其實也往往溢出了甚至創作者自己未必意圖到的層面，展開了七〇至八〇年代台灣經濟轉型過程中兩性之間複雜的糾葛。

廖輝英在《不歸路》中的女性和同一個時間台灣女性文學的角色略有不同，《不歸路》中的女性淪陷於男性主宰的經濟與倫理的威權中，其實連反抗都很微弱，甚至，可以說，男性形成的沙文威權，有一大部分已經是依附於男性的女性本身牢固不可改變的觀念慣性。《不歸路》的悲劇就展開在七〇～八〇年代台灣女性內在本質的解剖。

《不歸路》中的女性世界幽微纖細，也許是用力於女性運動的社會抗爭者不容易關心到的。當女性角色被意識地轉變到「抗爭」形態時，文學或許會以比較「聳動」、比較「強烈」的方式去處理女性，但是，當我們以這種方式進行角色塑造時，也可能就掉進了「意識形態」主導「文學」的陷阱。我個人在閱讀《不歸路》

時感覺到的一種女性剛剛萌發了自覺，但是在抗爭上又充滿行動上的無力感，這種「自覺」與「行動」的矛盾，這種「意識」與「客觀條件」的牴觸，在某一程度也許正是七〇～八〇年代台灣經濟轉型中女性角色的一種現實罷。

台灣社會的形態轉變很快，八〇年代以後，隨著各種禁忌的解除，一種無政府主義式自由，使台灣湧現各種人的自覺與反省，女性角色的改變，到了九〇年代，已遠遠不同於廖輝英《不歸路》的時代。我相信，九〇年代女性作家與文學中的女性都有不可同日而語的變化。但是，做爲台灣社會一個階段的眞實紀錄，《不歸路》應該仍是一本可讀性很高的小說。

不歸路一走十餘年

廖輝英

《不歸路》是一九八三年獲得 聯合報中篇小說特別推薦獎的作品，也是我的第一部中篇小說。

《不歸路》不僅在決審時引起很大的爭議，就是當年在聯合報連載期間，所引起之爭議、共鳴、討論甚至影響，都是可觀與巨大的。

而對於一位文藝青年時代之外，截至當時爲止，只寫過一個短篇小說和一部中篇作品的作者而言，短篇小說《油麻菜籽》是成名作品，但《不歸路》卻是眞正讓我達到「家喻户曉」走紅文壇的代表作品。

《不歸路》刊出之後，產生了許多如火如荼的效應。首先是街談巷議的沸騰：

《不歸路》打破了以往第三者的迷思面貌，以眞實貼切又赤裸的筆調，殘酷的披露了外遇的三方面尷尬而難過的境遇。一時之間，讀者的信件、電話紛至沓來，外遇的「角落」現象，突然成爲裸露的冰山，大家驚訝的頻呼：原來我們的社會存在這麼多不可告人的「狀況」！

大家都有苦水要吐。原來，事到如今這個狀況，人人都有一番苦經要念。《不歸路》有效釋放了許多人的桎梏。男男女女，第一次認眞審視自己的心靈。

自那之後，《不歸路》成了特定名詞。報章雜誌，沒事就說——走上××的不歸路。

這時候，許多老編解釋這種發燒現象，大家各有說詞，唯有其中之一說得最簡單又最清楚明白。他的話是這樣說的：「已經好久沒有出現像《不歸路》這樣好看的小說了。」

身爲作者，對於褒貶一向束手無策，自己也不知此書是否好看？究竟又好看到什麼程度？只有不斷從讀者或朋友的告白中，接到如此訊息：

「我一口氣將它看完。」

「我忍不住，邊看邊哭，邊看邊罵，但仍忍不住又哭。」

「一切好像是我心裡的話，一句句，一段段，我邊讀邊心酸，可是也終於明白自己竟然就是如此。」

「那個男的，寫得夠狠的了。可是，我發現自己的他，除了沒說狠話之外，其餘一切完全一樣，他並不想負責。」

在那段「可怕」的歲月裡，我陪著數以百計的、現身告白的李芸兒同苦同悲，有一度覺得自己似乎陷落進去，再也爬不出來！

其實，那也算是一場噩夢。每天有應接不暇的悲劇告白，而我無能爲力。

幾年過去了，不，是十幾年過去了，如今用比較抽離的角度和更成熟寬容的態度來看「不歸路現象」，倒有幾點觀察。

首先，不歸路是誠實誠懇的聲音。

在那之前，很少，不，是沒有人將一樁外遇事件的三個人，包括那在書中沒有聲音、只有形象的秋子，他們的心路歷程和言語行徑，以內外在的糾結廝纏，誠懇又毫無保留的呈現出來。

《不歸路》，自始至終就無意以僞善或僞作的手法討好或欺瞞任何人。

因此，讀《不歸路》，是痛的。痛快、悲痛、心痛、傷痛。切膚之痛、切齒之痛、無可躲閃之痛、淋漓盡致之痛。

其次，《不歸路》是時代的聲音。

文學作品，不外是對人生的吶喊、歌頌或驚嘆。然而，或許是民族性的關係，我們的文學創作一直鮮少勇敢、適切又精準的擊中社會現象，發出眞實的吶喊！我們總是慢一步，站得遠遠的、自以爲是的隔靴搔癢。

《不歸路》與其說是某個人的故事，不如說是那急遽變化中的大千社會下，許許多多癡男怨女的寫照。

由於習慣了廣告作業中抽樣調查的作業，因之小說中的人物、情節，常常是抽樣調查下的代表人物，具有「共相」，跳出了時代共同的脈搏，喊出了時代特具的聲音，所以許多人覺得被說到痛處、被搔到癢處，十足就是他們心事的再現。

而《不歸路》也是女性的聲音，是另一種聲音。

男性寫女性，每多侷限和自以爲是的當家做主。

而女性寫男性或女性，時而欺身相貼近，時而忽高忽低的睥睨或仰望體察，從每一個不同角度切入，沒有大頭病，也不患沙文主義，大量的感覺，大量的體己，然後忠實的發聲。

所以《不歸路》中所敘述的一切，都是女性朋友能理解的一切。女性因之也藉這本書，做爲相當程度的自我觀照和反省。

《不歸路》撰寫之初，作者始料未及的一件事就是：因著《不歸路》流風所及，國內的兩性生態起了急遽的變化。過去農業社會所膠著持續的兩性關係，到了《不歸路》出現之後瓦解了。從此風起雲湧，一直到今天，兩性生態一夕數變，終於呈現著多元的可能性。並非《不歸路》造成了今日的兩性生態，而是《不歸路》推出了第一掌，將過往顚撲不破的兩性生態推破了一個洞，往後的各種可能才競相出現。

時值《不歸路》發行逾十三載，以瞻前顧後的心情，爲新版序。

第一章

她第一次覺得，一條路走到這裡，再也回不了頭時，是他帶她上賓館的那一天。

那是他們認識後的第三個月，不，大概是第二個月吧？她已經不記得兩人究竟是什麼時候才算眞正認識了。那時候，他的生意還挺風光，每天駕著橘紅色的福特車，在巷子裡出出進進；偶然巧遇，他總是放慢速度，響兩下喇叭，有意無意的向她露出一張笑臉。

起先，她渾渾噩噩的，對這初入中年的男人不甚經意，直到有一天，她站在站牌等公車，突然一部轎車停在跟前。

「李小姐，妳去那裡？我送妳一程。」

她望著半探出車窗的男人，嚇了一跳，好一會兒才會意過來，結結巴巴的說不出一句話。

「我正好要上台北，反正順路，上來吧。」

她想拒絕，可是連怎麼稱呼他都不曉得。該死！只知他住同巷十五號，就在她家隔壁的隔壁，卻不知他姓什麼。

「上來吧，等下公車來了，擋人家的路。」

待要不上，只見等車的行列，一雙雙好奇的眼光盯著他們看；要上嘛，又覺得莫名其妙，冒冒失失的，不夠矜持。

「快上來！公車來了。」

他突然急迫的加了一句，被他一嚷，她心慌意亂的，忘了公車來，正好可以拒絕他。身子一矮，就坐進他旁邊的座位。

車子很快開動，男人熟練的抓著方向盤，把車開上往台北的公路。李芸兒伸手扯了扯因坐下而縮得更短的迷你裙，心神未定，不知該怎麼打破僵局。

男人吐了一口煙圈，轉頭對她說：

「李小姐一個人上那兒？和男朋友約會呀？」

李芸兒看他一眼，不知怎的，覺得男人既唐突，又帶點令人不快的油腔滑調，便悶著聲音反問：

「怎知我姓李？」

「哈！只要我想知道，不會沒有辦法。而且，」男人又轉頭看她一眼：「我們是鄰居，妳不知道吧？」

她突然想起，自家門口掛了一個大大的「李寓」門牌，難怪！

「我知道你住十五號。」

「對了！」他一笑，將煙灰彈在右前方的煙灰缸中：「我姓方，四四方方的方。」

車子在三月的天氣中，緩緩駛過一大片未經闢建的綠野，李芸兒看著遠遠的房舍，聞著濃濃的煙味，想著今天如此這般的冒失，要是讓母親知道，準會被罵太輕佻。其實，搭個便車並不是什麼大不了的事。這種年紀，誰像她這樣老實？她的同學，有人大一時，就和男孩子住在一起了，當然，那並不是什麼好事。不過，至少她可以放鬆一點吧。放鬆，是的，如果她能在業務部的小郭到他們部門來時，表現得自然輕鬆一點，也許就不會笨拙得老出錯了。小郭該是那種有頭腦的男孩子，從他對女孩子的品味就可看出，服務台的咪咪，不是號稱「千人迷」，千人迷自動向他表示好感，他還不是無動於衷？他不喜歡花瓶式的女孩子，這是千眞萬確的事。可惜自己太緊張了，沒辦法表現出「有內容」的應對，說不定他還以為她是個一無是處的傻大姐呢。

男人突然打斷她的思維：

「李小姐是跟父母一道住吧？我看還有幾個小弟弟，那是……」

「我跟母親和三哥三嫂住一起。小孩是我姪子。我父親逝世很多年了。」

「喔——」

「你們在這住多久了？」

「大概比你們早幾個月，這批房子剛蓋好我們就搬進來住了，反正這一帶都是新社區，大概都是新住戶。」

一路上，男人不斷的問她一些家庭和公司的事，李芸兒老老實實的有問必答，過了一陣子，才突然發現自己傻楞楞的活像被問案似的，因此，在車開上重慶北路之後，她便問他：

「方先生有幾個孩子？」

男人對她這個問題有些敏感，停了半晌才說：

「三個。」

李芸兒沒注意到他的神色，只是順理成章的應酬著又問了下去：

「多大了？」

男人看著前方，把煙一丟，說：

「最小的已經上初三了。」

「什麼？」她沒聽清楚，不，是沒辦法把他和有著上初三的孩子的父親聯想在一起，因此又追問了一句：「你說多大？」

「初三。」他回頭深深望她一眼，說：「我結婚很早。」

她吐了一口長氣，不可置信的朝他打量著，不錯，他的臉，他的微突的肚子，在在都說明了他的年紀，不過，最小的孩子上初三，他該幾歲生他？前面還有兩個孩子，他應該沒上五十吧？眞不可思議，瞧他那種講究而花俏的修飾，眞不像是上一代的骨董，怎會有那麼大的孩子？李芸兒暗自推算著，初三的孩子是十六、七歲，而且是最小的；現在這人最少該是四十了，那他結婚時到底多大年紀？搞不好還不上二十呢。可怕！自己都二十四了，卻還連個戀愛都沒談過……

「李小姐到那裡？」男人打破沉默，很自然的轉了話題。李芸兒忙說：

「我到西門町。沒關係，看你方便，在最近的地方讓我下車就可以。」

「難得碰上，一路送妳吧。」

當時是淡淡的三月天，她的少女夢無邊無際，輕盈有如三月的飛絮，直要飛上輕盈盈的天空去。

再來的三、四個星期，她幾乎每個早晨都在公車站牌下遇到那姓方的男人，他熱情的、卻又若無其事的招呼她上車；她也樂得捨棄擠破頭的公車，舒舒服服的搭個冷氣開放的專車。一切似乎很好，她的公司就在他必經的路上，她方便，而他也有個說話的伴，各取所需。

另一個星期六早晨，在他送她上班途中，他若無其事的問她：

「妳家電話幾號？」

「幹嘛？」

她有點警覺，到目前爲止，她只想將彼此的關係停留在單純的搭便車上。但，即使是搭便車而已，她也莫名其妙的心虛，瞞著家人和同事，每次都在距家和公司有段距離時上下車。說不上爲甚麼，也許只是不願讓人家看到她竟和中年男人在一起罷了。

「有時想聽聽妳的聲音；星期假日，想帶妳出去爬爬山、透透氣，卻不知道怎麼聯絡。」

她一輩子都不曾聽過這樣滿是疼惜的話：「聽妳的聲音……帶妳出去爬爬山、透透氣。」她的心不自覺暖暖的動了一下，她喜歡這種感覺，喜歡這種口氣。父親逝世得早，哥哥們自小就自立出外當學徒，家中每個人都爲生活灰頭土臉的拚著，誰有閒情逸致注意到這不起眼的，差一點送給人家當養女的女娃？二十多年來，她一直是乖巧的女兒和學生，深受長輩喜愛。但是，這種喜愛，完全根源於她的柔順聽話，就沒有人，打從心裡無條件的疼惜她，把她捧在手心裡。而現在，竟有人用如此溫存的語氣對她說話。她微溼著眼眶，在心裡自問：何以他對她這樣好？難道他喜歡她？不，不會的，也許他只是把她當做小妹妹，或只把她當做可以談心的好朋友罷了。他已年過四十，有妻有子，女兒甚至大得幾乎要跟她同齡，他們之間，還會有什麼搞頭？

或許，他只是覺得太沉悶了。像他這樣細緻、體貼的人，竟有著那樣粗壯，猛一看，要比他高出大半個頭的太太，這樣不協調的兩個人，怎麼過了二十年，她搖搖頭，這又干她什麼事？她蹚什麼渾水？

然而，有妻有子又怎麼樣？她只不過搭搭便車，和他聊聊，聽他傾吐傾吐而已，她不礙他的妻子兒女什麼，他的有妻有子也不礙他們什麼。這樣想時，她心裡就舒平多了。

「星期天悶在家裡有什麼意思？到山上或海濱走走，不是很好？」

週日對她，永遠不會有什麼新鮮事，尤其昨天下班時，看到小郭載著總務部的珍珍，後者緊緊圈著他的腰，她就知道，往後的週日，更無可期待了。有個伴總是好的，至於什麼伴就不要緊了，勝似在家和兩個姪子玩，或者變成兄嫂不好意思下出口邀請同遊的電燈泡。

畢業兩年了，像她們這種新娘學校，稍為有看頭的女孩子，老早就有主了，這兩年，前前後後不知接過多少紅帖子，只有自己和少數幾個死黨，還在單身生涯裡浮沉。戀愛應該是值得嘗試的事，發生的或然率應該也不能算低，只是，在一百多個同事中，多的是成雙作對的，就獨獨沒有人對她怎樣。

同樣是青春，自己就耀眼不起來。

嫂嫂固然不錯，但比起從前三哥未娶時，不知不覺就讓人有「寄人籬下」的感覺；尤其是放假日，她特別覺得耳聰目明的自己，格外礙事。

「喂，我在問妳呀。」

她突然福至心靈的俏皮起來：

「禮拜天，你不在家當好爸爸、好丈夫？」

他把臉一沉，不說話。兩個人一下子就僵在長長的路上。

車子轉入南京西路時，她怯怯的說了一句「對不起」。男人騰出右手，緊緊抓住她的左手，她的手在他大手裡動了一下，便徹徹底底安靜了。

從那時開始，他們之間就有了不提他妻、子的默契。不但不提，她甚至連想都避免去想。人，何必自尋煩惱？

也從那時開始，每次見面，他就習慣拉她的手。她心中有個模糊的聲音提醒她：漸入險境。但另一個更大的聲音卻告訴她：不妨冒險。

那時開始，她日日都覺得自己少一套衣服，每日上班，總要在鏡前翻尋半天，推翻昨夜想好的裝扮；而且，在上妝時，不自覺就把粉底打重，想換得一臉的煥然。每天，半是蓄意，半是不得已的讓他在巷口越等越久。看到他對她的遲到，無可奈何的一笑，然後縱容的將她的肩一摟，她覺得自己是被一個人捧在心窩上疼的，那種感覺眞好。

問過電話後的連續數星期，他幾乎隔個三兩天就來一通電話，每逢禮拜天，早早的就打電話告訴她那天的行止，又是進貨，又是去那裡，溫言款語，哄得她心頭暖暖的。

然而，這一日，太陽露臉半天，電話鈴卻不曾響過。她張著兩隻眼睛，慵慵懶懶的躺在床上。窗外，是四月杪的朝陽，透過繁花綠葉的窗簾，帶進來一室的焦躁。

電話就在翻來覆去中響起，她彈了起來，坐擁薄被懸著心諦聽。嫂嫂那粗粗的嗓門嘩啦啦的在二樓豁了開來！

「阿芸，電話——去，去叫姑姑聽電話。」

不等小姪子敲門，她一翻身就跳下床，開了門，蹲下身親親小姪子，這才施施然走向電話，盡量表現得慢條斯理，無所等待的對著話筒「喂」了一聲。

「芸兒嗎?我以爲妳出去了。」

「以爲我出去，幹嘛來電話?」

她嘴巴對著話筒嬌嗔，眼睛卻看住停在樓梯口的嫂嫂，硬是用目光把她請下樓去。

「拜託，別一早就嘔我。早上剛好接連來兩個生意上的電話，緊接著又聯絡工廠出貨的事，急得我什麼似的，既怕妳等電話，又不得不一口氣把事情處理好，才能專心陪妳玩。」

「你忙嘛，別爲了我耽誤你的大生意。」

「唉唉，妳就饒了我吧，好不容易一個美麗的星期天。怎樣，我們去陽明山？這個時候上山最好了。」

「我跟你上山幹嘛？」

說起來這是他們第一次正式約會，李芸兒雖滿心喜孜孜的，卻還知道沉住氣，採取欲推還就的姿態，在嘴皮上放刁。

「拜託，小姐，再拖就晚了。」他聽她沒有反對，馬上接口說：「十分鐘後在公車站牌等妳。」

不等她回答，他就掛了電話。饒是如此，她還是沒來由的，全身興奮得輕顫，癡癡的，癡癡的握著話筒出神。

匆匆梳洗，進了臥房，「刷」地一聲就拉開窗簾，陽光「嘩」地瀉了她一頭一臉，整個人無端更恍惚起來。

對著鏡子重重上一層水粉餅，稍稍把那滿滿一臉，從初三至今一直煩惱著她的青春痘遮得淡去一點；刷上腮紅，勾了眼線，樓下「叭叭」響了兩聲他倆默契相約的喇叭。她側過身子，偷偷躲在窗簾後拿眼外望，他那部橘紅色的車子緩緩駛過窗下，從三樓只望見車頂，看不到開車人，索性不看，抽回身子面對梳妝鏡，抬起手，卻不知還要在臉上加些什麼。

打開衣櫥，翻尋半天，一時竟不知要穿什麼才好。這樣的日子，這樣的天氣，這樣的心情……，她拉出那套緊身衣裙，套上身，在鏡前端詳半天，太暗了，搖搖頭，又脫下身；最後，終於決定穿那襲鵝黃色的迷你洋裝，外罩一件油綠的鈎織背心。

看看錶，遲了十七分鐘，她又坐回梳妝台前，有一搭沒一搭的梳著頭髮，足足又挨滿三分鐘，這才拿起皮包，到樓下向正在禮佛的母親喊了一聲：

「我出去了，中午不回來吃飯。」

她母親回過頭，瞇著那雙嚴重的青光眼，說：

「去那裡呀？春天後母面，下午天會轉壞，要多加一件外套。」

「有啦，加了。」她邊說邊急忙套上鞋子，唯恐母親追近來看仔細。

「我看看，妳可是又穿那種短得不像話的裙子？三番兩次跟妳說，二十多歲了，還露出兩條白蘿蔔大腿，跑進跑出的，多難看！」

「唉唷，又怎麼了嘛，這是流行，誰不這樣穿？我穿就不行了。」

門一摔，把母親的嘮叨拋在後面，李芸兒迎著陽光，帶著一身鮮麗走出去。

站牌前，他正叼著煙坐在駕駛座上。她打開車門，身上那件嫩黃鮮綠，照得他眼睛一亮。

他把煙往窗外一丟，踏上油門，一聲不響就操起方向盤。

車子在山間奔馳，窗外一圈一圈的綠，拌著沁涼的山嵐，直向眼前襲來；身旁的人，那股從咖啡色企鵝牌上裝裡散發出來的濃郁的男人味，一波一波的向她胸前掩到。

整個車程就這樣迷迷離離。陽明山在身後，金山尚遙不可及，當他把車停在一片平台上，她還沉在那一渦迷離裡。

「妳的腿好性感。」

她從癡迷裡驚醒，本能的兩腿一緊，想要遮掩。緊張中，抬眼看他，只見他兩道眼光咄咄逼人，自己在他的注視下活像全身赤裸的、不潔的女人。

「眞的，眞性感，皮膚那麼白，長長的腿毛在絲襪底下躺著，眞是撩撥人。」

他兩眼吃人似的在她的臉和腿上來回逡巡，這一刻，她才發現今天的方武男，和平時的含蓄體貼大不相同。

她想大聲斥責，也想出聲抗議，不知怎的，卻覺得全身無力，一句話也說不出口。

「我沒有見過這樣性感的腿，眞的。」

他繼續說，邊說邊咄咄逼人的靠近。她往車門退縮，腦子裡一陣陣轟轟的響，他突然伸手用力將她一拉。她癱在他的懷裡，抬起頭要說話，卻見他像一座山，整個人向她壓了下來。

回程的路上，她既恨又悔的沉默著，她原只是無聊，而且以爲和已婚男人出來，不會有什麼問題。到底他的孩子都比她高了，除了搭便車、郊遊，沒有目的的共度寂寞的時光之外，他們還能怎樣？兩個人不是心裡都明明白白的？然而，他竟敢如此！而更想不到的是，自己竟沒有反抗！他現在這樣一臉的毫無愧色，難道以爲她是那種容易上手的落翅仔，做了就可以拍拍屁股走路？

然而，她竟沒有反抗，好像專程等他那樣做似的。

她茫然的望著前面的山路，心裡一個勁兒的喊著怎麼辦。她能要他怎麼樣？他會說，是妳願意的，我沒有強迫妳呀。而她能怎麼說？又能要一個已婚男人做什麼？

她在公車站牌前下車，終於沒有說出一言半語。而他，竟也沒有一句存問的話，連再見也省去了。

第二章

第二天一早，她在鏡子裡望見自己一臉的憔悴，一夜沒睡，那原來就礙眼的青春痘，有幾顆冒得更大更紅，一碰就痛。她恨恨的瞪著鏡子，就是被這一臉痘子害死的，再美的眉、眼，也抵不上人家一張白淨淨的臉，臉一痲，又如何眉清目秀起來？這張臉，看起來就讓人不清爽，有時痘子化起膿，就更可怖，好像臉沒洗乾淨，講話時，往往逼得她不敢正視談話的對象。這些年，陸陸續續看過多少中西醫，連人家介紹的偏方也逐一嘗試，就是沒辦法治好。有些男人喜歡涎著臉對她嘻嘻的笑：

「結婚就好了。」

「有了男人就好了。」

每次被這樣意淫式的占便宜，她就要又氣又惱的怨艾半天。她不信男人就能解決一切，她母親不是三十八歲就守寡，沒有男人，自己一手把他們兄妹拉拔大的？男人？唉？可是家裡有個男人，的確也是不錯的。

方武男算她的男人嗎？呸！她狠狠的啐了自己一口，不能再跟他混了，有妻有子的四十三歲男人，再混下去的後果如何？她根本不知道事情會發展成今天這個樣子。但是，如果不是這樣，像他們兩人這種交往，又能發展成什麼令人祝福的關係？她怎會想不到？

沒有遇見他就好了，儘管寂寞，但因爲那是與生俱來的，就變得容易忍受。可是，人的一生，誰容許你「沒有怎樣就不會這樣」或「早知如此就如何」的重新來過？

拿在手裡的髮刷停在半空中，她頹然將它丟在梳妝台上。等一下見到他要怎麼辦？讓他先開口，還是？表情呢？同車二十多分鐘，又該說些什麼話？男人和女人，在出乎意外做了那件事之後，應該再怎麼相處？

也許，從今天起，就不該再搭他的便車、不該再和他見面了，此去眞是凶多吉少。

可是，平白讓他這樣，難道就一聲不吭的悄然隱退？是否該對他講淸楚？怎麼開口？

這幾年，看多了同學成功或失敗的戀愛，直接間接知道她們這樣那樣的獻身，李芸兒心裡倒未必堅持婚前一定不能把身體給某一特殊的男人。起碼她就常在腦海裡幻想自己和小郭間的種種旖旎情節，如果小郭要求，想必自己不會拒絕，小郭，唉，如今，自己連這最足以自傲的「清白」也失去了，而且失去得莫名其妙，毫無價值。

「阿芸，七點四十了，還不下樓，妳在摸什麼？」

母親在樓梯口出聲喊，她才瞿然一驚！這麼晚了，竟不曾知覺。他到底出門沒？好像沒聽到車子開過的聲音，也沒有熟悉的兩聲喇叭，也許自己錯過了，說不定他早已在站牌等很久了。

總是要見面的，不管多尷尬。

她下樓，逕直走到門口穿鞋。她母親坐在飯桌旁直喊：

「吃碗稀飯呀，我已經盛好放涼了。老是這樣節食，不弄壞身體才怪。妳以為這樣前胸貼後背的好看？誰娶媳婦會挑這麼瘦的？」

「唉唷，我吃不下嘛，又遲到了，還吃！」

她摔了門就跑，跑兩步又趕緊放慢腳步，不行，別讓他以為自己急得要命。

一路上她一逕提醒自己別露出慌張的樣子，轉出巷子，在老地方卻看不到他的車子。莫非他等不及先走了？不可能，平常他多晚都等，他和人合夥，算半個老闆，也不必像她一樣趕八點半打卡。那麼，會不會還沒出門？過去那兩個月，不管她多晚，他都準時七點半在站牌等她。難道發生什麼事了？

李芸兒在站牌等過兩班公車，八點七分，眞令人生氣！不來或不能來，難道不能電話通知一下？他又不是不知道她家電話。這人到底怎麼搞的？難不成他也害羞？也怕見面尷尬？

終於還是揮手叫了計程車，上車後還不死心的一個勁兒往後張望，直到車子轉個彎，開出大馬路，才悵然回過頭來。

一整日在辦公室，她唯一用心做的事情，就是豎著耳朵聽處長桌上的電話。今天，電話依然像往日一樣忙碌，只是沒一通是她的。他會不會出了什麼事？

除了注意電話就是跑洗手間，褲底大腿間，僅是黏膩膩他的東西，早上才偷偷將換下的內褲丟到垃圾包裡，這會兒又溼黏黏叫人難受，好像擦不乾淨似的。要是懷孕的話……呸！才一次怎會那麼不幸？

想到這裡，不由得煩躁起來。明天一定要給他臉色看，質問他今天怎麼沒來？或者打電話到他公司去？不，絕不打電話，無論如何，還是要維持這點均勢才可以：讓他找她。

然而，連著一星期見不到方武男，也沒接到半通電話，她就不能這樣篤定了。

終於還是顫抖著撥通他公司的電話，接話的是個女的，先問她是誰，才拖長聲音說：

「李小姐呀——方先生現在不在。」

「請問他什麼時候會回來？」

對方停了一下，才說：

「不太清楚。」

「麻煩妳留個話，我姓李，請他回話。」

這通電話把她打入十八層地獄。女人的吞吐遲疑，使她直覺到電話打去時，他正坐在旁邊。她心中那點他存心躲她的疑慮落實了，不覺慌張起來。

事情怎會這樣？才剛開始，就即刻結束，頭尾都叫人措手不及。剛和他相處時，他那樣汲汲營營，好像要對全世界宣布他們在一起的消息似的；而她，卻閃閃爍爍的，唯恐人家知道李芸兒和一個已婚男人在一起。當時的心態，即使他未婚，她也不願自己的男友，顯出那一身中年的富態，她不要別人說，她是找不到人，才跟這中年漢子在一起。如今，她可是連這樣一個角色也抓不住！

難道，男人對女人，都是一沾就罷手，淺嚐即止？難道她李芸兒，眞的青澀得只交出初夜就讓男人無可回顧，棄若敝屣？她眞的沒有一點令人繫念的地方？還是他太太知道，採取了行動？接電話的人，會不會是……她搖搖頭，從胡思亂想中掙扎出來，到底，自己對男人了解太少了，男人的情和慾，豈是她這初惹情孽的女子所能揣測？

日子有氣無力的過著，重逢的希望逐漸萎縮，就像她單薄的身子，直要蒸發掉似的。她完全沒想到，一個男人存心要躲女人，居然可以躲得這樣徹底。「咫尺天涯」原來是這樣殘酷的字眼。若不是還見到他那高頭大馬的妻子，和兩個像透了他的兒子，天天在十五號出出進進，她眞會以爲，那名叫方武男的男人，已經從這世上消失掉了。

走過風月後的寂寞，日日夜夜殺傷人似的緊咬著不放。這種見不得人的事，有誰能講?不僅有違禮教，還特別傷損自尊，「被棄」實在是很難說出口的事。眼淚流光並不代表塊壘已釋，何況，情淚那有流乾的一天?

打電話給專校同班同學洪妙玉時，是她躊躇復躊躇，從崩潰邊緣走回來的痛苦決定：

「妙玉，我想和妳談談。」

「怎樣，碰到戀愛苦惱了?」妙玉在話筒中爽利的笑了開來。

「我很難過，不知道怎麼辦才好。」

「好吧，下班後妳來找我，家裡只有我一個人在，我父母都回鄉下老家去了。」

選擇妙玉談的原因，是因爲洪在一年級時，曾和一位有婦之夫談過一場痛苦的戀愛，她的遭遇，洪能了解，最少也不會在心裡訕笑。

她們在妙玉那裝潢高級的客廳裡，縮腿歪在沙發上，聽她斷斷續續、遮遮掩掩的說完，妙玉握著茶杯，一雙眼睛直看入她心坎裡去：

「妳懷孕了？」

她搖搖頭，一張臉猛地燒熱起來。

「是沒有，還是不知道？」

「沒有。」她艱難的說：「那個昨天來了。」

「那妳還有什麼好擔心的？」

她吃驚的看著好朋友，簡直不相信妙玉會說出這樣的話！這是感情的事，不只是單純的懷孕問題。

「嚇一跳，對不對？」妙玉看著她，說：「我告訴妳，懷孕與否是最現實的問題，如果男人種了禍根，撒腿不管，妳得自己去解決肚子裡的那塊肉，妳說，妳怎麼辦？這不是比妳現在還慘？」

她張著兩隻乾澀的眼望著好友，她是全然沒主意了，不知道自己要怎樣生活下去？現在唯一的指望，就是看妙玉怎麼指點她。

「你現在能做的，最有用的事，就是和他一樣，算了。」妙玉看到她搖頭，馬上說：「辦不到，不甘心，對不對？可是時間一久，心裡自然就好過多了，妳要相信我，這是經驗之談。已婚男人和少女談戀愛，基本上都可說存心不良，最起碼都有『管他，發生以後再說』的不負責念頭；妳瞧瞧，方武男對妳根本不是因日久生情，先有感情做基礎，然後才進一步要妳的身體。這個人，一開始就想佔妳便宜，我不知道妳怎會變成他的狩獵目標，算妳倒楣。但事實既已如此，妳越早看清事實、不存幻想，越能自痛苦中解脫，眞的，這不是高調。」

芸兒沉吟著，半是懊惱、半是羞赧的問：

「他幹嘛避不見面？」

「我想他可能抱著玩玩的心情，但沒想到玩了一個處女，說不定他也嚇著了，怕惹來什麼麻煩，所以暫時躲起來。但妳追究這些幹嘛，越鑽牛角尖，只有越想不開而已。芸兒，老實說，妳怎會對男女關係，說得白一點，就是性關係，這樣沒概念?妳不知道有些男人很沒控制力，一觸即發的？」

「可是，他最少該有點喜歡我才會做這種事吧？」

妙玉哈的笑了起來：

「我的小姐，也許是有一點吧，不過男人的情和慾，未必是雙生兄弟呢，以後妳就明白了。」

「妳這樣說太可怕了。」

「這是事實。好吧，我們不談這個，我只是基於好朋友的立場勸妳罷了。妳是成年女人，一切可以自己決定。」妙玉將腿從沙發上放下，踩著地毯，垂著眼，想了一下，才又說：「那妳覺得，方武男究竟爲什麼跟妳好？他準備將來怎麼安排妳？離婚呢，還是……」

李芸兒默不作聲。

「妳不知道，他也不曾和妳談，對吧？其實這件事最好的結局說不定就是現在這樣。對妳當然有損失，但每一個女人都會經過這一關，不是給這個男人，就是給那個男人。當然，像妳這樣，是奉獻得太離譜了，連自己也很難心服。不過，這種損失，比起繼續投資下去而沒有結果的損失，可以說小多了。假設事情會有結果，付出的代價勢必也會很高，兩者不成比例；而且，還會牽涉到所謂的道德或良心問題，這是免不了的，無論如何，總是破壞人家的家庭嘛。」

「事情不可能再發展下去了，他根本避不見面。」

「我跟妳打賭，他還會來找妳。」

李芸兒一聽，不自覺就活眉活眼起來。

「妳還挺新鮮，方武男可捨不得放棄。」

「可是，他現在連個人影也不見。」

「我想這是他的詭計，欲擒故縱，不怕妳不乖乖就範。或者他心虛，怕把禍闖大了，有後遺症，所以暫時避一下風頭，看看風聲再出來。不過，繼續下去，對妳可不是好事。」

妙玉注視著眉梢、眼角盡是春情的李芸兒，嘆了口氣，再問：

「張少華知道嗎？」

芸兒搖搖頭：

「這種事那能到處說？」

「妳知道就好，將來還有許多叫天不應，呼地不靈，夠妳受的事。」

妙玉站起來，指指前面臥房：

「妳睡那間，都弄好了。」

「我們不睡一起？」

「房間那麼多，何必擠在一起？」妙玉笑笑，才說：「待會兒有個朋友要來，我和他睡在一起。」

李芸兒睜大眼睛看著好朋友，許多話想問卻問不出口。

妙玉解人的一笑，說：

「是男的朋友，沒錯。」

「妳，怎麼……妳家裡不知道？」

「怎會不知道？反正我做事一向自己負責。二十四、五了，父母也管不了，我們都是成年女人呵。」

「可是——」

「我挑選自己喜歡的男人，享受在一起的種種，一切不是很好？」

「既然這樣，乾脆結婚不是更好？」

「結婚談何容易？一輩子相看兩不厭，誰有把握？像現在這樣，不好就分手，沒什麼牽掛和瓜葛。結了婚可就不同啦，好結難離。中國人的婚姻，往往不是單純兩個人的事，而是兩個家族成親，周圍的人，很有本事影響當事者的感情。像我這種女人，很難討男朋友媽媽的歡心，在上一輩人心目中，我可是個壞女人呢。」

「可是，這樣太沒保障了，而且，也未免損失太大。」

妙玉格格大笑：

「結婚證書就是保障呀？那方武男的事，怎麼說？妳說損失太大，是不是指讓男人佔便宜、和他睡覺？我倒覺得，自己得到很大的快樂，佔了不少便宜呢。」

芸兒不自覺就靦腆的低下頭，兩個未婚女性這樣談論男女關係，未免難為情，尤其妙玉居然說出這樣的話，她什麼時候變得這麼前衛？

「好啦，妳去洗澡。會放水吧？瓦斯開關在後面。」

妙玉轉進臥室，出來丟給她一件睡袍：

「我的睡衣都是很性感的，反正今晚也沒有別人，將就一點。以後，妳就會習慣了。」

那一晚，她輾轉反側，身上那件透明、低胸又露腿的睡衣，引發她許多回憶和遐思。客廳裡偶然傳來妙玉和她男友的笑聲。該死！他們怎麼不進臥室？

日無新事，歲月過得很低調。即使是妙玉那麼解事的好友，也沒有辦法解決她的情緒；所謂婚姻或愛情顧問，又如何隔靴搔癢、解決什麼？情愛如係這麼單純的，可以適用定律解析的，則人間豈會存在萬般缺憾？方武男事件，幾日之間，使她忽然明白了若干道理，其中之一就是，心情再不好，遭遇再不幸，只要沒死，日子還是得咬緊牙關的過下去。誰能替妳受苦？

那日，她照例拿那一點二的雙睛，遠眺公車來的方向。巷口轉出一部橘紅色的轎車，她只覺得全身的血液都凍住了，兩條腿無端就發起抖來。她告訴自己：把眼光拿開，當做沒看到。但到頭來，她仍然張著那雙圓圓的眼睛，自遠而近迎住那部橘紅轎車。

男人把車門打開，只拿那雙嵌有紅絲的眼睛看她，沒有半句言語，她就柔順的上了車。

她心裡恨透自己，最起碼也該裝模作樣一番，天下那有這麼便宜的事？平白受那許多苦、平白讓他呼之即來、揮之即去。然而，怪誰呢？怨誰呢？一切都是她渾渾沌沌招惹的呀。

男人不等她的眼淚滾下來，便淡淡的開口：

「我去了一趟中南部，有一批新貨要賣中南部，我自己去開發市場。」

她沒有問他：銷貨要一個多月？他果眞出了一個月的門？沒有回來過？眞的忙得連一通電話也沒辦法打？

那已經不重要了，可預知的回答令她心寒。她不能像見捐的秋扇一般，要抓住男人，不惜歪纏胡扯。

我要灑脫一點，她想。

滾啊滾的，奮鬥半天，淚水終究還是流了下來。

可恨，總是在這節骨眼上作不了主。

她把臉別開去。男人開始絮絮叨叨的敘說一些生意上的事，完全無視於她的情緒。奇怪的是，她在他長篇累牘的生意經下，居然平靜下來。

他讓她在老地方下車，對著她的背影拋下一句話：

「六點鐘我在這裡等妳。」

她回頭，來不及說一個字，他的車就開走了。

居然連她是否同意都不徵求！她一面在心裡狠狠的恨，一面卻又忍不住竊喜興奮，一路錯綜複雜中，不禁就罵自己：賤啊！

那一整日，她在去與不去間撕扯著。他會害死她，讓她萬劫不復。可是，就平白給他玩了？饒是妓女，也有夜渡資，也有要不要的選擇權吧？她不甘心這樣毫無代價的輸掉自己的初夜，不，是自己淸淸白白的二十四年！總得說淸楚吧？至少讓他了解這種情懷。

可是，她能索回什麼?說了又如何?能使他更看得起她，還是怎麼?對於有妻有子的男人，她這樣做圖個什麼?人家不是說，女人只有兩種：一種是處女，一種是非處女。一次跟一百次，其實都是一樣，洗不清了。

她在老地方上他的車。她簡直不能原諒自己爲了這個約會而使用香水的心態。但她還是在頸上、耳後和肘間、胸前、腕上，仔仔細細點了香水。

男人熟練的轉了一兩個彎，把車停在距她辦公室不遠的後巷裡。

下車以後，她才發現自己正站在一家賓館前。

男人向她點頭示意，一語不發的走進賓館大門。她張惶的左右張望一下，急急趕在自動門關閉前尾隨進去。

然後，要房間、上樓梯、進房間，她覺得自己赤裸裸的展現在那女侍閱人無數的利眼中。

放下毛巾、衛生紙等盥洗物之後，女侍很快的退去。

他關好門，開始脫衣服。她坐在床沿，巴巴的看著他熟練而若無其事的拉領帶、解鈕扣，露出多而鬆坍的一身肉。

她看著他，在燈光下，突然覺得說不出的惡心。這樣一個男人，幾乎可以說是醜陋的男人，居然讓自己朝思暮想，死過一次，李芸兒呀，李芸兒呀，妳怎會如此的低品味？

然而，肉體還是肉體，它不屬於格調或品味的問題。當男人將她推倒在床上，重甸甸壓在她身上時，她就明白了。

她同時也明白，走到這裡，自己無論如何是走不回去了。那以後，每次約會的地點，便順理成章的在旅社裡，幾乎一星期便要來一兩次，做同樣的事，心頭輾過同樣的掙扎。他小心不讓她懷孕；她恨他的經驗豐富，以及他的經驗帶給她的快樂。有一次她問他：

「你到底搞過多少女人？」

「什麼搞不搞？多難聽。我不像人家一樣亂搞，我要過的女人，都是心甘情願跟我。」

一句「心甘情願」說中她的痛處，讓她幾乎沒有招架的餘地。

「男女關係嘛，不外錢和情，要錢給錢，玩感情的，大家好來好散，誰也不欠誰。」

她禁不住心寒：

「你太太不知道？」

「她是睜隻眼閉隻眼。反正誰也危害不了她的方太太地位。男人嘛，逢場作戲，不算回事，她也樂得不管。」他抽著煙，掩不住得意：「女人交往，事先大家就講清楚，要什麼，我給得起的就給，可是別破壞我的家庭，這是前提。一般說來，我交往過女人都算識相，很少人鬧到我太太那裡去，老實說，鬧到那裡也沒用，我太太很厲害。」

她在暈黃的燈光下睨視著他飽經風霜的臉：

「你，玩過多少……沒結婚的女人？」

「沒結婚的？笑話！我的對象都是沒結婚的，至少和我交往當時沒配偶。傻瓜才會去找已婚女人，那豈非自找麻煩？」

「我是說……處女。」

他好笑的看著她，也不知是眞是假，淡淡的說：

「反正妳不是第一個。」

那次以後，她就知道，她在他心目中，只不過是許多短期情婦中的一個罷了，「處女」並未使她身分特殊一點，說不過他還嫌她不夠風情呢。

在他們處得火熱的那陣子，他居然不避諱的載著他的妻子在她面前出出進進，和她迎面遇上，也居然能面不改色，昂然而過，好像根本不認識她一樣。只留下她面對著車後黃塵，全身顫抖的邁不開腳步。

在床上和他理論這件事，他理直氣壯：

「難道要我熱絡的打招呼？我可是爲妳好，同是街坊鄰居，事情鬧開來對妳沒好處。」

「最少你可以不帶她出去。」她退而求其次的要求。

「怎麼可能？她是我老婆，正牌的方太太。」

「你不是說，你們感情不好？」

「我的天！」他將煙蒂一丟，厭煩的抽出被她枕著的手臂：「妳開始露出女人煩人的本性了。」

「你設身處地想一想，我們這樣親密，你卻可以裝成全然不相識、完全的不相干，怎麼可以？看你和老婆那樣親熱的出出進進，我不難過？」

「難過什麼？在沒跟妳這樣之前，我們就是那樣了。」

「既然跟我這樣，難道你不能爲我想一想，不帶她出去？」

「那是不可能的。妳當做沒看到不就得了。」他停了一下，突然又說：「反過來說，妳難道不能爲我想一想？」

「爲你想什麼？」相處時畏畏縮縮，見不得人的種種委屈，突然一古腦兒傾瀉而出：「你既要偷腥，又要維護家庭，做一個模範丈夫，世上那有這麼美的、兩面光的事？所有的好處都該你得，一點責任也不必負？」

他赫然掀開毯子，跨下床，橫眉豎目的嚷：

「我要負什麼責任？是我逼妳的，求妳的？妳別鬧笑話了，又不是未成年的人，要我負什麼責任？妳如果覺得委屈，覺得不好，我們就別在一起。大家不是老早有了默契，好聚好散？沒見過這樣不清楚的女人。」

她萬萬沒想到，大情人翻起臉來這樣可怖，剛剛才和她蛇也似的廝纏，說不盡的軟話，現在卻可以站在那裡，對她大聲吆喝，要她離開。這人是拿什麼心腸和她相待？

她先是震怵，後來就委委屈屈、淒淒切切的哀泣起來。男人一聲不響，一件件的穿戴好，皺著眉頭坐在沙發上抽煙。

她仍是哭，哭得久了，見他沒有轉圜的意思，就乾脆把整個身子藏在被褥裡，沒頭沒臉的抽泣。

好半天，男人才不耐煩的出聲：

「好了吧，哭夠了沒有？不是人家對妳不好，是妳自己胡纏，惹人發火。」

她仍是一個勁兒的哭。

「起來穿衣服了，這樣哭哭哭，又不能解決問題。」

她忽地坐起來，顧不得一臉淚痕壞殘妝，抓住他的語尾質問：

「好！我們來解決問題！我們的事怎麼解決？」

他聳聳肩，好笑的看著她：

「妳說怎麼解決就怎麼解決。」

一句話逼得她爲之語塞，既悔又恨，加上更多的不甘心。

他等她說話，見她又哭，才說：

「我們的事其實很單純，妳要走就走，要繼續就繼續，隨妳便。或者暫時維持現狀，等妳有了新男朋友再走，也隨妳。我們的事，我不會對別人說，這點妳不必擔心，我不會那麼不上路。」

這個男人，處處自衛得那麼好。她是一著輸棋，落得全盤皆輸，現在，她又能怎樣？

那以後，她仍是方武男的情婦。既不能眼不見爲淨，又不能絲毫不動感情，她覺得自己扮演這情婦角色眞是艱難。

現在，他們約會的時間，大都利用下班以後到八、九點之間，匆匆忙忙的，好像唯一的主題就是做愛，連說些體己題外話都嫌奢侈。陽明山事件後再相逢時，初時他還會處心積慮騰出星期假日，和她盡情享受，那才叫戀愛呀。過後不久，他突然忙碌起來，每個星期假日都有走不開的理由。也許，她已失去了那需要利用他大好星期假日的新鮮度了。每次他不能出來的理由都很堂皇：他老母親生日、他兒子聯考、客戶來、親戚來、回鄉下……沒有一個是「明理的女人」可以生氣的。

多少次，她在二樓窗簾後，窺見他們一家五口，擠進那部福特車，他居然毫不避諱的高聲叫喚妻子兒女，一點也不怕她聽見。往常她坐的前座，坐的卻是他太太！有時，只有他們夫妻兩人出門，回來時，他從後座搬出一大包一大包的塑膠袋，猜想是結伴到舊北投市場去買菜。多典型的恩愛夫妻呀。

七夕和中元，她看到他蹲在院子裡，一疊一疊的焚燒紙箔，那樣專注、那樣虔誠，連抬頭往她住的地方望一眼也不曾，火光熊熊中，儼然一個有家有室的中年男人。

她算什麼呢？一個沒有愛巢，連一個晚上也分享不到的「情婦」！他居然可以這樣凌遲她，眞以爲她又瞎、又聾、又痲木？

她怎能繼續這樣下去！

在咖啡屋裡，洪妙玉替她向同是好友的張少華說明一切。後者瞠目結舌，只一再反覆的問著：

「妳怎麼會碰到這種事？怎麼會碰到這種事？」

妙玉淡然的回說：

「這種事很平常，一年不知有多少樁。妳忘了我也碰過？」

「妳不同，妳有辦法解決。芸兒就不同了，軟趴趴的，只有任人擺佈的份。」

張少華搖搖頭：「也眞是，怎麼去找個住在隔壁的相好？看著不窩心？」

「妳不用笑我，我快死了。」

「有什麼好死的？如果這種事也可以死，天下還有什麼事不能死？眞是看不開！」

「她就是看不開。像她這種好女孩，實在是老老實實、安安分分找個丈夫，做賢妻良母最適合。怎會去惹這種事？根本不是做情婦的料。」妙玉點了一支煙，無可奈何的搖搖頭。

「妳有什麼打算？」

「我實在受不了，天天看著他們夫妻進進出出的，不如拿刀將我殺掉算了。」

「妳是不曾被刀砍過才說這種話，刀砍是見血的，妳這種罪，倒未必一定要受，苦不苦，全看妳自己。」

事不關己，一切好說，理論性的堂皇語，聽來格外不入耳。芸兒自暴自棄的對兩個好友說：

「事情已經到這地步，我還能怎樣？已經有汙點，洗不清了。」

「妳算了吧，別拿這話當做繼續做人家情婦的擋箭牌。」少華恨恨的斥她：「錯了一次就該萬劫不復，一輩子在地獄裡頭？如果這樣，世界上還有多少能抬頭挺胸過日子的人？妳也太窩囊了。」

「芸兒，我們不談空話，實際一點，而且平心靜氣看這件事，妳自己明白，方武男不可能為妳離婚，妳也沒本事要他把妳安頓得有模有樣。如果這樣，妳還有什麼可圖？越下去，路只有越走越窄的了。妳難道沒有想過要離開他？」

「怎麼離開?他會來找我。」

「妳避開他不就得了?我不信他會天涯海角的找妳，沒到那種感情程度嘛。而且妳若堅持，他也不敢太勉強，這種男人我淸楚得很，很會保護自己，能吃就吃，不能吃，撤腿就跑。」

「妳可以搬到我家住，反正我家空得很，我父母很少上台北，弟弟又住校。」一陣子不說話的妙玉，這時熱誠的插嘴進來。芸兒想：我去當不識相的電燈泡?自己也難過。嘴巴卻說：

「沒有用，他知道我公司。」

張少華突然兩手一拍，興奮的說：

「乾脆換個工作!學服裝設計的人，去搞什麼編輯?我看妳也學非所用，沒搞頭。不如到我們公司去，設計女性內衣，也是一門學問呢。」

「我怎麼向孫老師交代?那工作是她介紹的。」

「理由還不好編?問題是看妳自己的決心。」

在好朋友的策畫下，李芸兒半是猶疑半是無可奈何的辭去原來的工作。那種關係，在寂寞生活裡，是雞肋，又類似麻醉品，丟不掉，又讓人在慣性中沉溺。她也知道，不是今天，就是明天，早晚總有逼她做決定的時候。然而，時辰未到，終究犯不著去碰這棘手的問題。若不是妙玉的一席話，她還不會那麼快做決定。妙玉說：

「妳就把暫時失蹤當做下一步棋也不錯，這樣不告而別，說不定會讓一向把妳當做理所當然的方武男突然重視妳的存在，妳就可以趁此談條件了。就是要做情婦，也要做得風光一點。」

就這樣，帶了簡單的行囊到桃園去。心房裡，上半層懷著或許有新際遇的憧憬，下半層壓縮著模模糊糊、自己也不肯承認的、或許能藉機改善自己在現有關係中地位的想望。離開方武男的念頭不是沒有過。幾乎是下過千百遍的「決心」；而紙糊的決心，在接觸到男人的眼光、撫觸，甚至電話裡一個邀約，就輕易撞破了。自己也明白，不藉有形的距離或新人，李芸兒那能離得開方武男，重新呼吸新鮮空氣？

然而鄉間歲月豈是好過的？在廠裡，她們四個女孩一間設計室，除了她，每個人似乎都能專心工作，自得其樂，一部收音機，整日開著，從國語歌曲聽到熱門音樂，似乎這樣就填滿了她們的生活空間；然而她是，曲曲都勾起此椿彼椿的心事呀。手裡拿捏著的蕾絲、縷空布、鋼絲，這樣那樣的比畫著，覺得件件都順不了她的眼。坐在對面的張少華，時而有意無意的瞟過來淡淡的眼光，淡淡的，但卻了然於胸，叫人忍受不了的探照燈。

下班以後更叫人難以打發。五點二十分就回到宿舍，上街有段距離，交通又不方便；不上街，簡直連一個小時都要發動一億個細胞才能打發。她不曉得，年輕的，張少華怎麼就能那麼篤定的鈎這鈎那，紛冗冗的紅塵情愛，當眞沾不上她的眼鏡？

「少華，躲在這種地方，那會有認識男朋友的機會？妳當眞要繼續待在這裡？瞧妳那篤定的樣子，我不信那是眞的。」

「那妳要怎樣，敲鑼打鼓去尋嗎？我是一切隨緣，能遇到適合的人算運氣，一個人也不錯。總不能亂找瞎碰，萬一遇人不淑豈不更糟？」

「在這種地方，連一點機會也沒有，那來的緣不緣？」

「那有什麼辦法？學我們這行的，除非才氣非凡，而且長袖善舞，才能闖出一點名氣，靠廠商支持，創出一番事業。否則還不是到處找個沾得上邊的工作做做，偏偏這種工作都是工廠，很少在市中心。我們又沒有其他特長，找別的工作基本上就有困難，忍耐一點。」

「爲什麼我們不自己設計服裝，拿到百貨公司或服飾店寄賣？」

「學服裝設計的人，最直接的想法就像妳這樣。但一牽涉到賣，就成了生意，而不只是單純的設計工作，我們行嗎？對銷售通路一點也不熟，而且寄售也得壓點本錢，家裡不可能支持我，我自己存的錢現在還少得很。」

「我們可以合作呀。」

「妳行嗎？妳還是先定下心來，再說其他吧。這樣失魂落魄、神不守舍的，能做什麼事？」

星期六，她一衝動就想回去。張少華苦心孤詣的留她：

「好不容易熬過一星期，妳這樣回去，豈不功虧一簣？」

「我又不回去找他！只是覺得這地方冷清得難受，簡直不是人過的。平常日子倒還罷了，週末，最少也回台北看場電影，我快憋死了。」

「那，我們去桃園逛夜市？」

芸兒想了一下，終於點點頭。

逛完夜市，時間還早，芸兒執意要去算命：

「反正沒事嘛。」

「沒聽人說，命越算越薄的？」

「心亂得要命，無助時去算個命，說不定可以得到什麼啓示。我聽說桃園那算命的很靈。」

結果兩人還是去算了命，芸兒什麼都沒聽眞切，只一句話叫她心甘情願的信：

「妳聽到了吧，少華，他說我命中合該和人共事一夫。」

張少華白眼一番，沒好氣的說：

「還好他沒叫妳去死，否則我眞不知妳到底是死或不死。」

「妳這人講話多毒，什麼死不死的。」

「生氣了吧？」張少華聳聳肩，看著變了臉的芸兒說：「感情的事管不得，再好的朋友，管多了也傷感情。芸兒，妳好自為之吧，從此好或壞，全看妳自己了。做為一個好朋友，我想我也只能盡心到此了。」

朝夕相處，話題一旦硬生生抽離了原先談慣的主題，乍然間，兩人相處便顯得尷尬而格格不入。多少次，芸兒不知不覺就要開口訴苦，猛一看少華那表情，只好知趣的噤聲不語。

現在，連個傾吐的對象也沒有，這份工作就更顯得枯燥乏味，幾乎連一天半日都叫人難以忍受。可是，如今河渡了一半，全身溼透的沒在水中央，是進是退都需要一番跋涉，到底向那一邊去，才不致滅頂？

年輕輕的，正該在十里洋場中爭逐，卻活生生被自己的愚昧放逐在這裡。那人，可想而知的，仍四平八穩的在扮演著標準丈夫和負責父親的角色。十天了，難道他不曾找過她，不知道她在那裡？不會有一點點不安和憐惜？

對方武男，大概下那一步棋都沒有用吧？他眞是生來剋她的。原來的模糊期待，衍化到後來，就變成衝人的怨惱了。當眞是和人共事一夫的命？待要信了，卻怎麼也不甘心，好好的一生，少女夢都沒做過，就這樣一腳錯、一生錯了？待要不信，卻明明和他瓜瓜葛葛的，自己越扯越不淸……

那一日，她正站在設計桌前，蹙著眉審視裁了一半的紙型。有人喊她聽電話，她猜想又是六十多歲的老母親，要她回去吃拜拜。母親終究是母親，昨天也叫嫂嫂打電話要她回去。或許母親也敏感到女兒遭遇了什麼吧，否則怎會三天兩頭，藉口大大小小的名目要她回去？

「喂，我是阿芸啊。」她拿起話筒，在震耳欲聾的機器聲中大聲喊著。

「芸兒嗎？我是方武男。」

那聲音，千眞萬確是她忘不了的，只是怎麼這樣挑弄人、怎麼是現在，在她幾乎已經絕望了才又出現！一次次的，總讓她在起起伏伏中飽受淩遲。早知自己逃不出他的手掌心，又何必巴巴跑到這裡，平白受這毫無意義的苦楚？

「喂，芸兒嗎？怎麼不說話？你躲在這裡幹什麼——喂喂，妳在聽嗎？我現在在桃園，已經辦完事了，我馬上去看妳。」

隔著距離，看不到那人的形貌，她依然感受到那種觸電般的感覺。意外所帶來的興奮，緊緊揪住她的全身。

「喂，妳聽到了吧？電話太吵，見面再說。我大概五點二十左右會到，妳在工廠等我。」

電話很快掛斷，她怔怔站了好一會兒，才回到自己的設計桌前。張少華從對面抬起頭，細細看了她一會兒，慢條斯理的問道：

「方武男？」

「嗯。」芸兒應了一聲，不敢繼續搭腔，她怕少華出言探問，惹來一頓好說。

誰知，後來的半個鐘頭，張少華對她不聞不問，逕自做自己的事。直到下了班，芸兒見她在收拾東西，才怯怯的問她：

「妳不會笑我吧？」

少華一本正經的反問她：

「這種事，有這麼可笑嗎?我哭還來不及呢。」

芸兒明知她話中有話，事到臨頭，也只好囁囁嚅嚅說：

「等一下，他要來。我知道這樣不對，但我不知該怎麼辦才好。」

「隨緣吧，」少華疲倦而諒解的說：「旁人根本幫不上忙。」

一句話安靜了李芸兒，最少少華也明白，這種事要了結，絕非一朝一夕。

方武男來接她時，下工的人潮正一批一批擁出大門。她在衆目睽睽下，幾乎是帶點莫名的驕傲坐上他的車。

那一晚，吃飯、喝咖啡、哭泣、叙說，終至和他柔情蜜意的住進桃園一家飯店，一切就像久別重逢的戀人一樣。

她撥電話回宿舍給張少華，怯怯中掩不住興奮：

「少華，晚上我不回去，他給我一個晚上的時間，這是我們第一次一起過……」

張少華靜靜聽她用微顫的語音叙說。放下話筒，此起彼落的蟲聲，正在夏夜的牆角，火也似的叫了開來。

第三章

老舊的電風扇吃力的左右搖擺著，躲在帳子裡的張少華，一手捧著本厚磚頭小說，另一手還執了把紙扇，有一搭沒一搭的扇著。李芸兒濕著頭髮從浴室出來，對著張少華看：

「少華，我要吹頭髮。」

「妳吹呀，跟我講幹嘛？」少華頭也沒抬。

「我要用插頭。」

張少華這才抬起頭，臉上的表情張牙舞爪：

「我又礙著妳什麼？延長線上三個插頭，妳不會將錄音機的插頭拔下來？眞是！妳煩不煩？活像個沒魂的人。」

李芸兒依言去拔了錄音機的插頭，換上吹風機，對著鏡子便「呼呼」吹起短髮。過了會，她看著鏡子中的少華說：「少華，妳對我和方武男的事生氣，對不對？最近妳動不動就大聲，而且特別沒耐性。」

「笑話！」少華抬眼看了她一下：「妳別太抬舉方武男，那種人不值得我費心。」

「妳當然是爲我生氣，我知道。」

「好了，芸兒，我不想管妳的事，但以後妳也別對我訴苦，好不好？我自己的煩惱就夠我煩了，眞的。」

芸兒耐心的用圓刷子將瀏海往上捲，捲得有個形了，又叫少華：

「妳來幫我吹後面好不好？吹順就好。」

張少華白了她一眼，把書一丟，撩起帳子，跨下床，一手拿過她手裡的吹風機，忍不住就嘀咕。

「自己做不好的事就要量力，凡事都一樣，我就從不曾叫妳幫我吹頭髮。」

「妳能幹，我承認。」

「明天又要回台北見方武男了？」

「妳不是不管我的事？」

「我是懶得管，不過順口問問。」

「少華，說眞的，妳想不想換個工作，到台北去？」

少華不說話，專心料理芸兒的頭髮。

「昨天我看到賓果睡衣徵設計師的人事廣告，我們可以去應徵，科班出身，又有工作經驗，錄取一定沒問題。工廠在三重，最少比較像有人住的地方。怎麼樣？」

少華沉吟著未置可否，芸兒又說：

「妳考慮一下，如果願意，明天我回來時順便帶幾張履歷片，一起寫了寄去。」

「有宿舍沒？」

「那有什麼關係？大不了我們合租一戶房子，下班還可以做做成衣設計。」

「妳呀，絕不是爲了這個想換工作，還不是一心爲了方武男。」

「就算是好了，但對妳也有好處。」

吹好頭，芸兒匆匆拉掉浴巾，套上緊身T恤和趕時髦的沒膝裙，對少華拋下一句「我明天早點回來」，便匆匆出門。搭上同事的摩托車到桃園，然後改搭公路局到台北，爲了趕時間，在重慶北路搭叫客的，一路輾轉，到家時剛過八點。

一進門便衝著大家問：

「有沒有我的電話？」

嫂嫂不由自主看母親一眼，旋即低下頭，繼續爲小姪兒畫小汽車。母親問她：

「妳等誰電話，那麼重要？一個禮拜才回來一次，萬事不關心，進門只知道問這個。」

「沒什麼啦，我約了人，所以問問看。到底有沒有人找我？」

「沒有啦。」

該死的方武男！明明說好八點打電話，害她救火似的趕著回來。搞不好又有事，最近他已經連續兩次爽她的約了，一次是什麼英國客戶來，一次是他女兒的男朋友初次拜見準丈人，他必須留在家待客；明明是可以預知的事，到他嘴裡都變成臨時發生的急事，兩者相權，被犧牲的當然是他所謂「天長地久」的他們的約會。她摸不準那些事是眞是假，但經過一年多的揣摸，她確實知道，相信一切他所說的，才有短暫的快樂和安寧可言。即使在這種關係中，睁一隻眼閉一隻眼也是必須的。

已經八點半了。她人在電視機前，心卻浮在半空中。等，她和他相處的時刻，大概還不足耗在等待時間的十分之一，總不能一輩子這樣等下去吧？

母親忽然開口問她：

「那姓方的朋友多大年紀了？聽聲音好像不太年輕。他是做什麼生意的？」

李芸兒故意看著螢幕，嘴裡含含糊糊的應著：

「化學染料。」

「多大年紀？」

「比我大一些。」

「到底大多少？總有個數。」母親提高聲音緊逼一句。

嫂嫂在一旁攔住母親，意味深長的對她說：

「阿芸，那一天請方先生來家裡坐坐，大家交往了那麼久，也該給家裡認識認識了。」

她故意不回答。她就恨嫂嫂這種精明透了的「賢慧」，好像一切事都瞞不過她似的。若不是她說的，母親那會知道有個姓方的男人？又那知道年紀大不大？

但是，事情畢竟不可能永遠這樣下去，當眞相大白時，她會怎麼樣？正名的方太太，此生是休想了。可是，總不能叫她這樣不明不白的躲下去呀。躲得了自己，可躲得了天下人？躲得了今天，又豈能躲得過明天？

不能做正牌的方太太，難不成不能做二號？最少一個月還可以名正言順的和他相處幾天；最少也能有個自己的小巢，可以接母親同住。母親，唉，母親那裡，當然會傷心，好好的丈夫不嫁，卻去做小星，叫她怎麼跟親友們說？但生米煮成熟飯，到最後她應該也會同意才對。她實在不能再這樣一味的等下去了。等、等、等，她在方家，至今仍是個隱形人，連現身的權利也沒有，既不能找他，又不可以打電話，只有完全孤絕，無邊無涯的等下去！再冷靜的人，等久了也會瘋掉。

想起來他眞高招，不到兩年的時間，他竟可以使一個少女由獻身、掙扎而至甘心做他的黑市夫人。而，這卑微的、大讓步的最起碼要求，也得不到他的首肯。有幾次，因他爽約兩人大吵，她威脅著要去見他太太，他倒冷靜，有恃無恐的說：

「妳去呀，到時被揍或被告，我可管不了。」

再怎樣，兩人也有一年多的感情了，他居然可以像沒事人似的揶揄她、威脅她！

每吵一次架，她的心就冷半截，多少次認眞考慮分手，總被他隨興所至的一通電話軟化。他就有這本事，找妳時甜言蜜語說得順口得很，好像兩人間一點芥蒂也不曾發生；嫌妳時，狠話照樣一籮筐的傾瀉而出。她註定要乖乖接受，不能需求，否則平白被當面丟下一句「分手好了」，而又沒本事和他分手，處處不顯得自己犯賤？

冷冷熱熱，起起落落之間，她的心就無法平衡。

心裡一不平衡，她更沒辦法扮演甜蜜的情婦角色。她一而再、再而三和方武男提「身分」問題，每次都免不了要爆發一場爭吵。吵久了，他再也不在乎破壞自己彬彬有禮的紳士形象。緊接而來的副作用是：約好打電話的時間，往往過時不打；約好見面的日子，常常臨時爽約；這些事，全成了家常便飯。除了原來的「身分」問題，兩人平白又多了許多吵架的理由，吵到後來他就來個避不見面，不理不睬。

他倒也說得好：「找女人是找快樂，如果只有不痛不快，我找她幹嘛？又不是白癡！妳要了解男人，吵、吵、吵，我不會乾脆不來？」

看來大概只有她是白癡了。

全然的白癡或絕對的愚昧也好，不懂得去爭持什麼，就會安於這種地位。

她恨自己，身在萬丈深淵、幾至滅頂的這會兒，卻還殘餘著可憐的一點自尊和清醒。吵什麼？和方武男的這場戰爭，他們原來就不是站在對等地位交手的。遍體鱗傷而不倒，她李芸兒也算有本事的。

九點四十三分。

本來還期望可以一起過個週末或什麼的，現在可完全絕望了。這麼晚他根本不能脫身，他怕太太懷疑。她一直搞不懂，他太太怎那麼厲害，將他箝制得服服貼貼，即使偷腥，也記得將嘴巴擦乾淨，緊守著三十八度線。人長得不好看、更不年輕，以女人的眼光看她，可是一點好處也沒有，她到底如何讓這棘手的方武男這樣聽話？感情，是感情嗎？李芸兒終於不得不去面對這可怕的兩個字。

是的，感情，感情呢？

她想起妙玉說的話：「妳還有什麼值得繫住他的東西？妳有的，都給了，她可是清楚得很。現在妳身上的東西，他全可以在別的女人那裡找到，說不定更好。」

然而，感情呢，感情的事呢？

她彷彿聽到妙玉和少華的冷笑。

眞的，感情呢？有時用點理智想，她也不信一個女人能厲害到那種程度。問題在那裡？是患難夫妻的恩情？還是父親形象的維護？或竟是她李芸兒的魅力問題？

她一夜醒在枕上，絕望落落實實的。週末，是屬於「家」的。

打電話去！就是要他太太知道！我總要現身，不能永遠做個隱形人。不能讓他予取予求，平平順順毫無愧疚的做他的一家之主！

星期天早上，她躺在床上，無情無緒的瞪著天花板。隱隱約約聽到車子發動的聲音，她一骨碌爬起來，攀到窗欄上去。不錯，好一個美滿家庭，滿滿一車坐了他的妻子、兒女！

她手腳冰冷，只覺自己被棄置在一孤島上，遠近沒有一方帆影。

打電話到洪家去，妙玉正要出門：

「妳到我店裡去吧，我也正要去。」

她很快出門，連等公車也沒力氣，隨手招一部計程車直駛中山北路。

「伊人」服飾顯眼的坐落在中山北路二段上。即使滿眼金星，她也注意到櫥窗佈置得非常突出，妙玉到底是名副其實的女強人，年輕時那段不尋常的感情，反倒將她訓練得更堅強、更能幹！像這樣一爿店，請了三個設計師、兩個店員，賣自己的商標，南部大統和北部永琦，都有自己的專櫃。這要多少運籌帷幄的本領？而妙玉處理得井井有條、頭頭是道，甚至還有閒情逸致的與這個男人、那個男孩交往。

她踏進店裡，妙玉正在櫃台裡比手畫腳和她的設計師談話。光溜溜的額頭襯得她一臉的粉嫩，豐腴的雙臂和上肩，在削肩、低領洋裝中，散發出成熟的韻味。自信，一樣使女人神采煥發，特別迷人。

她自個兒尋位而坐，看著妙玉發號施令。自己缺少的就是那份自信、篤定、決絕和魄力，或許這正是妙玉吸引男人的地方。方武男若是碰上妙玉，大概不敢用待她的態度待妙玉吧？她突然有個奇怪的聯想：在男女關係上，方武男和洪妙玉應該是旗鼓相當的一對，誰更高招？

妙玉開完支票，吁了一口氣，對她說：

「妳瞧我，忙得要悲傷也找不出時間。妳就是放任自己閒著，才把時間浪費在沒有意義的等待上。」

和張少華不同，即使滿臉笑，妙玉也自有一份懾人的威儀，這是否和她家境富裕、養尊處優有關？

「我們的方先生又怎麼啦？」

妙玉隨手倒了杯熱茶給她，隨口淡淡的問起。

芸兒絮絮叨叨的敘說著，一件事迤迤邐邐顯得更痛苦更嚴重，妙玉竟只不動聲色、平平常常的反問一句：

「妳打算怎樣？」

芸兒一時給問住了，結巴半天，才說：

「他是仗恃著我不敢吵到他家去、不敢讓他太太知道，才這樣待我！」

「爲什麼不敢去？」

芸兒傻住了，料不到妙玉有此一問。

「妳就是這樣，只用感情，不用頭腦。這事拖這麼久，又搞成今天這副德行，老實說，妳『居功甚偉』，根本就是妳自己容許方武男這樣欺負人的，換了別人，看他敢不敢？」

妙玉白了她一眼，把口氣放緩，說：

「別人出什麼主意都其次，要妳自己是扶得起的阿斗。」

芸兒被說得坐立不安，只拿著沒主意的兩眼求著妙玉。

「去他家也未嘗不可，不過我懷疑效果，只怕更糟。妳不讓他太太裝鴕鳥，她只好反撲。萬一人家告妳，他又不肯做主，妳怎麼辦？說不定他還藉機跟妳決裂，這可難說。我根本懷疑這人的誠意，放著一個女孩子這樣不生不死。」

「事實上他是有困難的，我們認識時，他就已經結婚，而且是三個孩子的爸爸，這已經是不能改變的事實。何況他太太有心臟病，動不動就休克，他不能冒險把我們的事跟她說，萬一出了人命，誰擔待得了？」

「那也是。既然妳這麼明理，事情還有什麼可爭的？妳就認命，安心做他見不得人的情婦好了。爲什麼妳心理會不平衡？還要和他吵，難道不是妳自己也平不下這口氣，覺得不值得？」

李芸兒被說中心事，眼眶一熱。妙玉乘勝追擊，一點也不留情：

「妳別指望跟方武男的事會有什麼轉機了。今天這樣，十年以後也只能這樣，說不定更慘。由頭可以看尾，我不騙妳。要我是妳，既不能沒有男人，又沒本事做情婦，就接受家裡安排的相親，找個對象結婚算了。一夫一妻，穩穩當當的，再怎麼都比黑市夫人強。不知道妳圖方武男什麼？學問，他初中畢業沒？人品，四十多的人了，看上去就不丰采；感情嘛，也輪不到妳死心塌地。這件事一開始我就告訴妳，最好的結局是陽明山那次就分手。現在搞成這樣，連一份美好的回憶都保持不了，何苦？」

傍晚，芸兒在妙玉的壯膽下，撥電話到方家去，指名要找方太太。

「我是啊，妳那裡？」

「我是——方先生的朋友，女朋友。」

對方愣了一下，才問：

「小姐貴姓？」

聲音是鎮定透了，相形之下，李芸兒就顯得怯弱：

「妳不用問我姓什麼，妳只要知道有我這個人就好。」

「這樣不知名、不知姓，怎麼談？」

「沒關係，沒名沒姓，好談。」

「——妳說妳，跟方先生……」

「是的，我們認識兩年，已經……已經很好了。」

「怎麼沒聽我先生說過？凡事他都不會瞞我。」

「他說妳心臟不好，不能受刺激。」

「唉呀，男人在外頭偶然拈花惹草，我不會在意的。」

「我們不是偶然的，我們已經好兩年了。我也不是那種上班小姐，我是清清白白的……」

李芸兒說到這裡，不禁悲從中來，說不下去。

「小姐妳有什麼委屈，儘管對我說好了，我會替妳做主。要錢還是要找婦產科醫生，我們同是女人，好商量。我不會虧待妳的。」

李芸兒聽她好心好意的語氣，一言不發就掛斷電話。望著妙玉說：

「多賢淑的太太，要幫他付遮羞費呢。」

說來說去，自己終是理虧的一方，理一虧，又憑什麼談判？走進這種關係，本身就是絕路，無論兜多少圈，還是在泥淖裡。即便跳得出去也是一身狼狽。更何況，已經晚了，起先是不甘心，現在還是不甘心，加上一些依戀、一份留情、一點記憶、一段生命，錯綜複雜，便永遠叫人在苦海裡浮沉。找誰都一樣，即令妙玉這樣的女人，對她也愛莫能助。

看她一副活不下去的樣子，妙玉終於還是不忍：

「我幫妳打電話，最少他對失約也要有個交代。」

妙玉撥通電話，也不知對方是誰、問啥，只見妙玉笑嘻嘻的說：

「我是新加坡的安妮，方先生答應今晚要來捧場的。」

對方不知說了什麼，妙玉笑著對話筒說：

「如果今天他沒來，我就當他被車撞死了。」

「啪」的切了電話，就坐在那裡，細細沉思，想了一會突然抬頭衝著芸兒說：

「妳快死心了吧，照這樣，將來他們夫妻合起來欺壓妳，妳還有什麼活路？軟腳蝦，怎能做人家情婦？情婦可不是省油燈做得好的，我看妳這樣子，又生氣又擔心。」

有個人說她總還是好，若連妙玉和少華都不理她，她還有那條路可走？

晚上回到工廠，照例輾轉一夜，第二天赤著一雙眼睛對少華說：

「妳幫我請一天假，我要回台北去，不說個清楚我死也不瞑目。」

「行嗎？要不要我陪妳去？」少華見她搖頭，就說：「這樣冒冒失失的去，找得到他嗎？我可以請假——」

芸兒堅決的搖搖頭，少華只好看著她挺直腰桿走出去。

妝也沒畫，滿臉紅麻麻的痘子，女人怎禁得起連著幾個晚上沒睡？她不信芸兒這一去會有好結果；想著她那誓死如歸的神情，少華就不禁不寒而慄。

李芸兒直驅台北，下了公路局，攔部計程車就往松江路他的辦公室去。按了電梯，走到四樓——十一門口，吸口大氣，這才一手推開玻璃門，裡面六張桌子一覽無遺盡入眼底，那有方武男的影子？

「請問，方先生——」

「他不在。妳那裡找？」幾雙眼睛全對她探照過來，其中一個戴眼鏡的男性開口問她。

「我姓李，請問什麼地方找得到她？」

「他在外面。不過大概中午會回北投。」

「謝謝您。」

芸兒下電梯看了下錶，十一點。她鑽進計程車，對司機說：

「新北投。」

她在自家巷口下車，先打電話到方家去，一個老婦人接的電話，直憨憨回答她：

「武男仔呵？快回來了，家裡有客人等他。」

她連謝也沒說掛斷電話，屏著氣在巷口彳亍，既怕家人撞見，又怕等到的不只方武男一個人，一顆心在水裡火裡浸泡、燒煉，兩腳浮動有如踩在雲端，一步一動就是不落實。

約莫三、四十分鐘，才見他那部橘色車子自大路轉了進來。李芸兒猛地就從匿著的地方冒出來，不揮手不示意，直挺挺站在路中央。

車內的人把車放慢，斜斜開到路邊，伸手將右邊的窗鎖一拉，李芸兒走過來，自己開了車門坐進去，眼光直挺挺，連瞄也沒瞄他半眼。

兩人僵在車內，誰也不肯先開口。李芸兒目不斜視，久久眼淚卻不知不覺順腮而下，從前兩天開始就蓄積的一股怨氣，和準備要興師問罪的言辭，這會兒被他冷漠相待，竟悶悶的找不到出口冒出來，他這一招，就是專治她的。

靜默裡，「嚓」的一聲，猛地嚇了芸兒一跳，用眼角餘光瞥視一下，才知男人點上了煙。她是眞恨他那好整以暇的樣子，好像全不把她的事當做正事般。

「到底又怎麼了？」

男人開口一派無辜，竟似她專程在尋釁。

「問你自己！說好打電話不打，我等死你就高興？」

「我說有空就打，妳長耳朵沒？」

「你明明是說……」

「好啦，現在又打算如何?難道天大的事都擱著，只要和妳兒女情長?男人在外面闖事業多辛苦?生意可不是坐在家裡等、和女人談情說愛就會送上門來!跑三點半也不是和妳卿卿我我就解決得了。妳最好搞清楚，整天跟我哭哭啼啼的，好運都給妳哭砸了。鬧、鬧、鬧!妳知道生意多難做，我都快支持不了了，妳還家裡、公司亂打電話，整天給我看這張哭喪臉，我煩都煩死了。」

她聽他長篇大論的編派不是，竟是怪自己掃把砸了他的生意!一股氣直往上衝，想說的話全噎住，一句也說不上口。

「剛認識時，活活潑潑、快快樂樂的，還滿討人喜歡。現在整日哭鬧騷擾，活像哭喪，誰耐煩和妳混?妳是越活越顛倒，活活被妳氣死!」

男子粗聲粗氣、一個勁兒的罵，直像要把她罵入地獄裡去似的。芸兒氣結了的，只是眼淚、鼻涕直流，連招架的餘地也沒有。

「像妳這樣，再有耐性的男人也受不了。妳自己說說看，妳到底給過人家什麼?自從跟妳好，生意就一落千丈，什麼掃把運都碰上!」

「你又給過我什麼?我這一輩子都被你毀了。」

「被我——」

男人突然住口，芸兒只覺眼前黑影晃動，抬起頭，看到嫂嫂攙著母親，兩人站在車燈處，驚怖的瞪著芸兒和方武男。

芸兒張開口，所有的恐懼透過車前窗，直向她渾身罩下。雙方僵了半天，嫂嫂才開口說：

「妳還不快出來！」

芸兒全沒主意，順從的爬出車子，一出來，才發現哥哥青著臉站在巷口，一下子像老了許多。

她低著頭，默默走到母親和嫂嫂面前，閃開哥哥，快步進巷子，踏入家門。

母親一進門，便抖著聲音問她：

「妳跟那有妻有子的男人，到底有什麼瓜葛，妳給我好好說出來。」

芸兒垂著頭，不言不語。

「妳倒說說看呀，妳是否被他、是否被他睡過？否則怎麼一點辦法也沒有，乖乖坐在那裡由著人蹧蹋？妳，妳說呀。」

芸兒噗通一聲跪下，叫了聲「媽」便放聲大哭。

她媽一伸手，狠狠給她一個耳光，自己忍不住也號啕起來。

三哥坐在一旁，不住唉聲嘆氣，嫂嫂吆喝兩個姪子到樓上去，一下子愁雲慘霧便罩住李家。

「我養妳這麼大，供妳唸到專科畢業，是叫妳去做人家的情婦？妳怎麼傻到這種地步？我們李家雖不是富豪人家，到底也是清清白白的家庭，三代下來，還沒聽過有給人做小的。如今……一個未出嫁的姑娘，竟這樣被人家採了花去，名節全沒了，叫我怎麼對得起妳父親？又那有臉見那些親戚？在這裡出入？我眞歹命呵，養這種女兒，不如一頭撞死！」

母親說完，身子一撲，就往大理石地磚撞去，嫂嫂眼明，緊緊抓住她雙臂，只叫得一聲「媽」，兩行淚就奪眶而出。

「那姓方的，採了花還要賴，想要遺棄妳嗎？我好好一個女兒能任他這樣？他欺負我寡婦，沒人跟他理論？」

她母親掙脫嫂嫂的手，邊哭邊穿上拖鞋，一手拄了拐杖就往外走。

「我去跟他理論！一個淸淸白白的女兒，難道就這樣平白給他蹧蹋掉，最少也得還我們一個公道！」

她三哥拉住老母親，苦著臉力勸：

「媽，這樣不好，到底是阿芸的錯。嚷開了，阿芸怎麼做人？」

母親劈頭就截斷他的話：

「阿芸有錯，畢竟年輕不懂事，那男的可是沒安好心，誘拐不懂事的少女，我做母親的不出頭，誰出頭？」

李芸兒拿頭撞著地磚，兩手扯住她母親的腿，聲淚俱下的哀求：

「媽，是我不對，妳給我留點面子吧。」

母親一揮手，拐杖結結實實的打上她的背脊。她仍不放手，哀哀泣著：

「媽，我求求您，這樣嚷開來，叫我怎麼做人？」

「這時候妳還講究做人？如果早早能這樣想，還會有今天？」

「媽——」

老母親暴睜那雙嚴重的青光眼，厲聲對她的兒女喊道：

「誰再攔我，我就一頭撞死給他看！」

三哥搖搖頭，嫂嫂只好兩手一鬆，眼睜睜的看著母親摸索著出去。

李芸兒仍伏在地上，一個勁兒的哭。沒有人來扶她，她三哥一味垂頭嘆氣；三嫂苦著臉，小姑不比親妹，這種事既有親娘管，做嫂嫂的又能怎樣？

她母親一路拖長聲音哭過去，巷子夠窄的了，不愁左鄰右舍聽不到。李芸兒伏在地上，只求就這樣死去罷了。

她聽到十五號應門的聲音，然後，隔著兩所宅子，母親聲嘶力竭的喊叫，清清楚楚飄過來：

「叫那姓方的出來！看他對我怎麼交代？今天如果沒有一個滿意的回答，我就死在這裡！」

「這不是隔壁十一號的老太太？什麼事要找我們方先生？」

「我不和妳說，我要找姓方的。」

「方先生不在，他的事就是我的事，告訴我是一樣的。」女人冷冷的聲音。

李芸兒聽不下去了，只第一個照面，她就知道母親會狼狽而回。她們那裡是她的對手？身為方武男的太太，如果沒有一副鋼筋鐵骨，外加滿身刺蝟，如何身經百戰而不死？

而那千刀萬剮的方武男，這時候竟躲得像龜孫子，怎麼會愛上這樣一個不像男人的男人？

她跪伏著，聽到自己的隱私，在兩個女人嘴中一來一往的逐步渲染開來。這世界怎會如此荒謬？偷情居然可以用談判解決；而母愛，又怎會用如此荒唐的形式演出？

「方先生溫文有禮是出了名的，這給他帶來不少麻煩。現在的小姐臉皮可厚得要命，稍微周到一點，她就誤以為和她怎樣了，搞不清楚。我若不是明理的太太，早就不知氣得和他離過多少次婚。前些日子有個女的也來電話，說他是方先生的女朋友，莫非，那就是你們家那沒出嫁的小姐？」

「我不和妳論長道短，我只要姓方的出來解決問題。」母親雖然執拗，但口氣聽來軟弱多了。

「老太太，我若不是看妳年紀大，早就用掃把將妳掃出去了。這種見不得人的事，如果眞有，妳不怕人家笑妳怎麼教養女兒去勾引人家丈夫？如果沒有，紅嘴白舌，妳就不怕破壞人家好好的家庭？敗壞人家的婚姻和家庭，可是大罪孽。我現在尙看在妳年紀大，顚顚倒倒，快請回吧，否則鬧到警局，我就不擔保自己有容人的量了——大雄，將這老太太給我請出去，關好門！她們不要臉，我們可要呀！」

聽到這裡，李芸兒一躍而起，衝往樓上，嘴裡邊嚎邊喊：

「我去死好了！我去死好了！」

母親是怎麼回來了！她不知道。好像從那時起，就聽到樓上樓下母女倆沒休止的哭，哭得岔了氣就咳，咳完又嚎啕大哭直要把心哭破似的。

李芸兒在啜泣中，只聽嫂嫂勸母親：

「媽，眼睛不好，這樣哭下去，早晚會瞎的。」

「瞎？閉了才好！死了看不見，落個淸淨，這樣睁眼看我女兒淪落，不如死了好。我們李家一向忠忠厚厚過日子，怎會發生這種事？我做了什麼孽？天呵，怎由著那姓方的這樣蹧蹋人？這樣欺負人？」

怎由得那姓方的這樣欺負人？李芸兒伏在枕上，第一次向那不可知的命運質問著。

木訥的哥哥，大概一整日沒出門，只聽到兩個侄子不時被粗聲粗氣的吆喝著，那個大的，還被揍得哇哇大哭。

那一向過的日子，都全然變形了，只因爲我這該死的女子！

白日的紛紛擾擾，在漸濃的夜色中逐步沉寂。李芸兒靜坐黑暗中，直等到夜深人靜，才悄悄開了大門走出去。走到巷口，回頭望著那一路走過來的苦、痛、愛、恨和血淚，再也不能，再也不能平平常常的走進這條巷子、這個家了。

她先落宿在西門町的小旅館。陌生的被，寂寞的枕，第一夜，就在死與不死間掙扎。

第二天，睡到過午，哭腫的眼皮，被陽光用刺痛將它催開，一個人楞楞躺了會，曬著熱熱的陽光，忽然覺得活著，卻也有千百種讓人留戀的地方。撥對講機叫服務生拿報紙來，依著分類廣告欄的招租啓事打電話，然後依址去看過幾個地方，只花半天工夫，就決定了獨門的一間小公寓。

買床置被，粗粗安頓妥當，一個電話便打到方武男辦公室。

「妳怎麼回事？事情鬧得這樣大，大家怎麼做人？」

方武男對著話筒轟她，她只有哆嗦的份。

「我鬧的？鬧得無家可歸，成爲巷子裡的笑柄、家裡的恥辱，對我有好處？」

她聽他不說話，又接下去說：「發生這種事，你只會罵人，從來不擔心我怎樣。你，你這人還有心肝嗎？」

「我好受呀？家裡那個頻頻質問，鬧心疼又鬧自殺。我好受呀？」

「你就不怕我自殺？」

「算了，妳這種人不會走絕路。」

她無話可說，他就看準她不是一不做二不休的烈性人而爲所欲爲。

她將目前的地址和電話告訴他，他匆匆應了一句：

「好，有空和妳聯絡。」

「有空，是什麼時候？難道叫我整天守著電話？」

「妳這人到底怎麼了？這樣不通氣！這節骨眼上我能亂跑嗎？萬一出了人命，妳擔待得起？」

「你只擔心她死，不怕我死？」

「好了、好了，我沒工夫和妳扯。她在公司也有耳目，妳要她找妳嗎？我再給妳電話好了。」

「什麼時候？」

「我怎能預定？我忙呵，家裡又亂七八糟的。」

掛上電話，即使聽得出男人滿嘴不耐煩，但事情鬧開，心裡少一層見不得人、躲躲閃閃的負擔，又兼單獨出來自營生活，倒也給她一種解脫的感覺和煥然開始一個新生的期待。

兒孫自有兒孫福，但願母親在她離家後，能很快悟透這層道理。讓將屆六五高齡的母親，臨老遭受這種破滅的打擊，她無可躲閃的已經大大不孝在前了，今後只能硬了心無情下去，圖個母親眼不見爲淨，算是不幸中的一點孝心罷了。

至於方武男，並不確知自己是否能離開他之前，最少應該改變一下，試圖扳回以前的局面。即使不爲博他歡心，自己似也不宜再沉溺在這惶惶不可終日的深淵裡。活著，難道沒有其他的角度能瞻望？

她去街上購置了大疋窗簾布，用私蓄買了部縫紉機，車車縫縫的掛起一室綠意盎然的希望；也買了瓦斯、鍋、碗等；床原來就是雙人的，也不過三兩日，就佈置得儼然一個家的模樣。

有了巢，她就可以名正言順的留著她的男人，再也不用畏畏葸葸上旅館了。

她吁了一口氣，撥了長途電話去給張少華，對方一聽到她的聲音，便叫：

「我的小姐，妳還活著嗎？你媽快急死了，妳應該通知他們一下，這樣不告而別太殘忍了。」

李芸兒停了一下，低低的說：

「我等一下就打電話回去。」

「妳什麼時候來上班？我幫妳連續請了三天假。」

「你替我寫辭呈，順便妳也辭吧。早上我已寄了兩份履歷表去賓果公司，希望很大，即使沒錄取，我們也可以做成衣設計，我買了縫紉機。怎麼樣，一不做二不休，開始我們的計畫吧。」

「妳搞什麼，這樣有魄力？」

「下午妳請假到臺北來，我們當面商量。房子我都租好了，算了妳一份，兩個房間。等等，我先把地址和電話告訴妳。」

掛斷桃園的電話，芸兒不免情怯的打電話回去，接話的正是她預期的三嫂。

「嫂嫂，我在台北租了房子，也準備在台北上班，請妳轉告媽媽，我，對不起她。不過，我的事會自己處理，請她不要太擔心。」

「妳在那裡？」

「——過些日子我會回去看看，這裡我就不告訴妳們了——不、不，妳別來！妳們別來，免得媽媽見了又傷心。」

該交代的都交代過了，剩下的，就是一心一意等方武男。

連著三天，她將準備好的魚肉從冷凍庫拿出、再放進，重複到第四天，她幾乎連再望一眼冰箱的勇氣都失去。這種「誠意」，連她自己都難以說服。

她打電話到公司去，電話響半天沒人接。撥到家裡去，一聽接話的是他太太，她一言不發，馬上掛斷。半個小時後，她又撥了一次，他兒子接的，去了半天，仍舊換上他太太，她只好又一言不發的掛上電話。

情勢依然沒有改變，千篇一律的單向聯絡，即使她現在敢打他家電話，但除非正巧他自己接，否則也束手無策。這是一種什麼鬼關係？她好像被圍剿的野獸，突圍無望，只在圈圈裡頭破血流的橫衝直撞。

住處電話，也只讓少華和妙玉知道。繼續這種不容於世的關係，她還沒有公諸於親朋的勇氣。若能無聲無息的從過去的生活世界消失，也許就是她目前最大的期望了。不僅孫老師找她，要投紅炸彈、要開同學會，同學們也紛紛打聽她的下落；流言總免不了，只要不必去面對它就好了。

生活，原也可以處理得單純一點。

第四章

長形的裁衣板上，鋪滿了整疋粉紫碎花布料；張少華站在板架前，拿著粉片依紙型在布料上畫線。李芸兒在她左後方，低頭踩著縫紉機。不遠處，饒是立式電扇對兩人吹著一股強風，她們還是不時拿起擱在一旁的毛巾拭汗。

「我們今年設計的，就只這款受歡迎，算算連這批，大概出貨六十多套了。」

「六十多套有什麼用？趕工趕得要死，利潤卻少。說眞的，春夏裝沒什麼賺頭，還是冬裝好賺，單價高，人們也不嫌貴。」芸兒停止踩縫紉機的動作，右手捶著左肩說：「伊人那邊好銷，我們的東西適合中山北路格調。」

「那也未必，妙玉幫忙很有關係，她把我們的貨都擺在顯眼地方。」

「倒也是，好朋友嘛。」芸兒停了踩機器的動作，將衣服拿起，就著牙，咬斷縫線，看著少華的背影說：「少華，都八月了，我們到底做不做冬裝？若要，也該計畫了吧，款式、數量、用色、買料都得斟酌，眼光一錯，可賠大了。」

「其實我們小資本的，根本做不起冬裝，壓的本錢太大，而且做得出來的貨有限，無法創造流行，只好跟著大廠商的步調走，這樣成敗就更由不得自己了。」

「不管如何，閒著也是閒著，而且每個月要付房租，要生活，不拚怎行？」

「妳也懂這個了？其實我們何不各自去找個工作上班，薪水雖比現在收入少，但最少夠吃、夠住，又有下班時間，不會像現在沒日沒夜的累，還要提心吊膽。況且長期關在這裡，接觸的人太少，對我們也不好。你瞧，我們都二十七了。」

芸兒沒說話，另拿了一件裁好的料子，接下來縫。

「芸兒，上次孫老師不是介紹妳到家職去教縫紉，怎麼還不給她回音？這可是個難得的好機會，現在市內教職誰不搶？到底職位有限、流動又小，連師大畢業生都未必人人能在市內執教呢。妳如果去教書，我可以再到大公司找個工作，不會賦閒成無業遊民。怎麼樣？」

「不想去。」

「怎麼回事？私校一樣有寒暑假，待遇又不差，辛苦一點是沒錯，但也值得。要我是妳，爭著去。可惜我成績不夠好，孫老師只找妳這得意門生。」

芸兒不作聲，繼續踩縫車，似乎想藉機器聲打斷談話。

「喂，我在問妳呀。」張少華回過頭，大聲衝著她叫。

芸兒停下工作，抬頭望少華，嘲弄的反問她：

「如果學校知道校內女老師，原來是搶人家丈夫的女人，會有什麼反應？」

「妳搶得動呀？方武男不好端端的還是他老婆的標準丈夫，每一天晚上都回家過夜？」

「妳何必笑我？我是沒本事，做人家情婦三年多，還沒辦法留他在這裡住一宿。妳又何必笑我？」

「我不是笑妳，我是提醒妳，犯不著把自己當做十惡不赦的女人。妳這種人，沒本事做罪大惡極的事。而且去學校對妳也好，接觸那種風氣和年輕學生，也許就不會把老方當做唯一的世界了。」

芸兒堅決的搖搖頭：

「我已經回絕孫老師了，無論如何，我也不會去教書，沒資格。」

「我的天！妳是去教縫紉，不是教倫理道德呀。」

「都一樣，妳不懂，少華，在那種環境，我會整天不安，自慚形穢。」

「我看妳是準備一輩子做方武男的情婦囉？」少華斜她一眼，搖搖頭：「從前妳還會掙扎、努力，企圖要擺脫；現在卻是死心塌地的跟定他了。不說妳母親，我看著也傷心。」

「我媽，她以爲我沒跟方武男了。」

「那是妳說的，妳以爲她眞那麼傻?她只不過睜一眼閉一眼，女兒在外，根本管不到，管多了妳又不願回去，所以才不當面問妳。」

「我們別說了好不好?明晚出貨當眞要來不及。」

兩人繼續又縫又裁。天色漸暗，少華去開了燈，順便打開冰箱倒水喝，問芸兒：「要不要?」

芸兒搖搖頭，說：

「晚飯怎麼辦?隨便下個麵好了。」

「又是麵!我快惡心死了。後天去伊人結帳，要妙玉給我們一部分現金，我們去大吃一頓，順便到書舖翻翻外國時裝雜誌。」

芸兒還未答腔，電話鈴突然響了起來，她手一停便想離座去接，卻被少華就近接了。

「妳的。」少華臭著臉將話筒一擱，又回到裁衣店檯前繼續工作。

只要看她的表情，芸兒就知電話是方武男打的。七、八天不見，不知他忙些什麼。喜孜孜中畢竟掩不住三分怨。

「芸兒嗎?我現在在新生北路修車，身上剛好沒現款，妳能不能帶些錢出來?」

一聽是要錢，心頭不覺冷半截。虧他有勇氣連虛僞作飾的一切前奏都省了；或者他是逼急了，乾脆直截了當，開門見山的說出來。饒是心冷，嘴裡仍不忍不應：

「要多少？」

「三、四千塊好了，晚上我還要請客戶吃飯。」

芸兒遲疑了一下，把不快嚥下去，說：

「好，你在那裡？」

方武男將地點告訴她。電話一掛，芸兒便對少華說：

「少華，我先從公款拿四千元好不好？方武男修車沒帶錢。」

「這種男人怎麼搞的？沒錢修車擺什麼闊？開什麼車？我們可是辛辛苦苦、一針一線掙來的錢，這個月就被他拿去多少？又不是慈善機構。」

「不要說得那麼難聽，有困難幫著周轉，不是朋友之道？我會還妳的，從我應得的那份扣掉就好，何必那麼大聲嚷？」

「還？爲什麼要妳還，借錢的是他，他爲什麼不還？」

「他最近生意失敗，被人虧空好多錢，周轉比較困難。」

「男人生意失敗，誰不是說被人連累？妳就信這套。搞不好是被別的女人揮霍掉的。」

芸兒低著頭，悶悶又釘了一句：

「借不借？」

少華不答腔，用力扯著花巾，像要把布料扯破似的。李芸兒默默離座，到臥室裡開抽屜，數了四千塊，然後在帳簿上記下一筆。出來時經過少華身邊，低聲說：

「我走了。」

少華恨道：

「貨都趕不出來，那男人一通電話妳就出去，大家都別幹算了！」

說著「嘩」的一聲就把裁衣板上的剪刀、粉片、布料全撥到地上去，哭著跑進臥室。

芸兒呆了一下，顧不得回頭安慰好友，帶上門，匆匆小跑到巷口，攔了部車直駛到新生北路。

在車上，她才從手提袋裡拿出吸油紙，對著小鏡子把臉拭淨，又拿出粉餅撲了一臉；藍藍綠綠的眼影幾乎用罄，她用海棉棒狠狠壓著盒角僅餘的一點粉末，在眼瞼上刷了點顏色；又在手提袋裡猛搜半天，才記起胭紅擱在梳妝台上忘了帶出來。人到二十七、八，不上點顏色，臉上就蠟黃一片，靈機一動，拿出口紅，在兩腮分別點了幾點，用手抹勻，倒也透出一抹桃紅，人也精神起來。

車到方武男修車的停車廠，她一步步拾級而下石梯，遠遠便瞧見方武男在店裡打電話，對著話筒一臉的笑。猛然看見她走近，匆匆掛斷電話，迎了出來，嘿嘿直陪笑：

「妳來得快，我正在打電話聯絡晚上請客的事。」

不知怎的，她心裡泛起一股莫名其妙的憐憫，以前多麼不可一世的男人，生意落敗，便顯出搖尾乞憐的姿態，她因愛而資助他，可不願看到他那副畏葸的模樣。

「車子早就修好，我在等妳帶錢來。」

芸兒從手提袋裡拿出四千塊遞給他，他接過鈔票，右手食指沾上口水，當她的面點數起來：

「四千塊，沒錯。」他把錢塞進褲袋裡。自自然然的對她說：「那妳回去吧。」

「你就一心等我專程來給你送鈔票，也不用現實得鈔票到手就趕我回去。你可知我們連趕兩個通宵準備出貨，根本走不開，我是橫了心把張少華氣哭出來的，你卻這副樣子！最少我們也可聊聊，難道除了錢，你對我就無話可說？」

「妳別氣成那個樣子，我怎會那樣不通氣？」方武男抓住她的右手肘，把她半拖半推到修車廠外：「妳知道我生意失敗，腦子亂糟糟的，何必跟我嘔氣？妳知道，一大堆事情需要解決，我又約好客戶談事情，所以對妳直話直說，沒料到妳不諒解，生了氣。」

芸兒心一軟，便把口氣也放軟，問道：

「什麼客戶，約得那麼早？」

「生意上的，要向他周轉一下。」

「我不能去？」

方武男一臉的爲難，說：

「不方便，他認識我太太，現在這節骨眼上，正需要別人幫忙，不能有壞把柄落在別人眼裡，人家還以爲我搞女人搞垮了。」

「至少我們也可以聊聊，到底有七、八天不見了。忙忙趕我走，讓人覺得你找我純粹爲錢。」

「別說得那麼難聽好不好？幾千塊錢的事。從前生意順時，我方武男什麼陣仗沒見過？嘖嘖，妳也是，朋友間通財平常得很，何況你我這樣情同夫妻？」方武男話鋒一轉，適可而止，說：「這幾天我還不是巴望著要去妳那兒，但事情一團糟，又是退票、補款，又是客戶、又是工廠，還得應付債權人，眞恨不得三頭六臂，一次解決。」

芸兒聽他說得可憐，便問：

「退票的事怎麼辦？」

「還能怎麼辦？找個有力人士斡旋一下，先把票拿回來，一切利息免付，還款三成，延期半年。否則怎麼辦？人命一條，人肉鹹的，怎麼辦？」

「人家肯嗎？」

「不肯拉倒！要不到錢，由不得他們不肯。倒閉的人乘機失蹤躲債多得是，我算是有擔當的，還出面解決。」

「到底欠多少？」芸兒憂慮的問。

「說了讓妳白操心，改天再詳談。妳，回去吧。」

芸兒遲疑著不走，又問：

「你到底約了幾點？」

「六點鐘。」

看看錶是五點半，芸兒死了心不再蘑菇，只問：

「你到那裡？順路的話載我一程。」

方武男臉色微變，說：

「不順路，況且時間也來不及，妳自己搭車去吧。」

芸兒無奈，偏又執拗的磨：

「車子修好了，乾脆一塊走嘛，能到那裡，就送我到那裡。」

方武男急說：

「不行，妳先走，下班時間擠，妳別害我遲到，今天可是決勝負的關鍵。」

芸兒見終不能如願，只得揮揮手，落寞的走出停車場。

一近黃昏，酷暑漸消，她信步彎入長安東路，想既然已甘冒不諱出來了，乾脆吃過晚飯再回去，順便為少華帶點好吃的回去，多少讓她消點氣。這樣想著便邊走邊看。

穿過中山北路，在長安西路進了一家素食館，叫一碗炒素麵，一個人慢條斯理的吃著，臨走外帶一個素什錦便當，準備給張少華當晚餐。

飯館裡出來，中山北路上已一片燈火。

公車一部銜著一部，盡是趕路回家的人。

「我也該回家了。」剛一這樣想，自己便淒涼起來，那地方怎能算家？沒有親人，甚至也沒有男人，只為了將就方武男蜻蜓點水式的這份情，竟自選擇了漂泊一途，永遠自絕於家人。

她眨了下眼，把眼中那片模糊眨掉。還是快走吧，晚上恐怕得再做通宵，才能補回這兩小時空檔。

搭上十七路，往大直的方向走，打算在圓山站下車，再換計程車，比較省錢。

六點多，仍是尖峰時期，車內無座，車外車水馬龍，一車挨著一車，人人在蝸行裡痲木著一張臉。

車過南京東路，芸兒不耐煩的拿眼在門窗外逡巡，眞不該走中山北路，早知道這是條大幹道，人車擁擠，到家怕不只七點半了。少華恐怕下麵吃過了？說起來少華眞是個好朋友，不計較，又處處顧著她，就只方武男的事讓她看不過，經常念叨，有時讓人受不了而已。

一部橘紅轎車擠在慢車道上，和方武男的同一型。她遠遠看著，禁不住浮起一份親切感。她坐的大巴士往前又動了幾步，下意識的唸唸車號，猛一嚇，怎麼和他的一模一樣？

她伸長脖子，又讀了一遍車號，沒錯，是他的。她突然沒來由一陣緊張，緊盯著橘紅色轎車的車屁股，想從後窗看清楚車內。

車子繼續移動，慢車道車行快了點，當車子開過橘紅轎車時，她低頭向外探看，忽覺腦門一轟，整個人直要向後栽倒！原來方武男口中的客戶，竟是個打扮入時的女郎，雖稱不上秀麗，但刻意雕琢過，自有逼人的氣勢。

正像過去他對她使的招術，此刻車停不行，他的右手正壓在她的左手上，還不肯安分的在上頭摩搓著。

李芸兒擠近車門，對車掌說：

「下車！請讓我下車。」

車掌白她一眼，說：

「這是快車道，又不是站牌，出事了誰負責？」

「拜託，」芸兒靈機一動，撒了謊：「我想吐。」

車掌把身子挪動一下，似乎怕她哇上一身，說：

「忍耐一下，站牌馬上到了。」

車未停妥，芸兒便一躍跳下，站在安全島上。橘紅轎車正在過十字路，她顧不得來車，硬闖過慢車道，見一部空計程車正慢行路邊，她敲車窗，自己開了門，鑽進車子裡，對司機說：

「跟著那部橘紅福特車。」

司機聞言，精神大爲抖擻，一邊找空隙鑽，一邊從後視鏡看她。這時，李芸兒根本顧不得自己在旁人眼中是什麼怪物，只一疊連聲的催：

「快一點，黃燈亮了，拜託，快點！」

計程車左閃右鑽，終於搶過綠、黃燈之交，目標車就在前面，只隔著一部車而已。

「請你就這樣跟著，保持這個距離。」

跟蹤一小段，目標車突然打了方向燈，轉入中山區公所旁的大型停車場。李芸兒緊張的大叫：

「停車！」

司機停了車，從後視鏡裡好笑的看著她。

李芸兒遞給他一張五十元鈔，不等找錢便急急下車，站在停車場入口往裡看。

目標車在管理員指揮下，慢慢轉入停車位。不久，車子停妥，方武男一手搭在女人肩上，有說有笑的走向出口。

李芸兒閃到邊巷，緊張的等著他們出來。她一方面因受騙憤怒而發抖，另一方面，卻因即將揭開的局面而緊張，整個人像被軀體內的炸彈炸開似的四分五裂。她不曉得該繼續跟蹤下去，還是即刻現身。跟蹤下去只怕會有自己忍受不了極不堪的場面出現；即刻現身方武男卻有堂皇的理由可以搪塞，又拿他沒有辦法。李芸兒站在氣悶的夏夜裡，只覺全身發冷。

方武男和那女子終於走了出來，向右彎，朝國賓飯店的大門走去。女人不知說了什麼，只見方武男搭著她肩的手一緊，輕憐蜜愛的說：

「等一下好好疼妳。」

一句話像根強力彈簧，將李芸兒從隱身的地方彈了出來，筆直筆直的站著，淒厲的對著一男一女的背影嘶喊開來：

「方武男！」

方武男和那女子一齊回頭，前者看到她，臉色數變，先是驚慌，後是老羞成怒，搭著女人肩膀的手卻一直沒有放下來，只定定的看著她。

女人嬌聲問他：

「是誰呀，那麼恐怖的樣子？」

「一個——朋友，普通朋友。」

聲音雖低，還是讓她聽到了。眞沒料到他會說這種話，擺這個嘴臉。她直走到他面前，拚著一死似的咬牙切齒：「你怎能做這種事？不怕天打雷劈？」

「我做了什麼？妳別莫名其妙。有話改天再談，我今天有要緊事。」

一句要緊事，更撩起她萬丈怒火：

「什麼要緊事？就是跟這臭女人鬼混？你拿我的錢嫖別的女人……」

「小文，妳別生氣，這女人瘋了，嘴裡不乾不淨的——妳先去阿眉廳等我，我馬上就來。」

方武男輕輕推了那女子一下，女子不肯動，方武男無奈，狠狠瞪了李芸兒一眼，索性相應不理，轉身往飯店走。

李芸兒氣極了，伸手去抓方武男手臂，沒想到男人臂膀結實，她一閃手沒抓著，只有尖尖的指甲從皮膚上刮了過去！男人「唉喲」一聲，扭回頭一出手，將李芸兒推得後退好幾步。

李芸兒沒料到方武男竟敢伸手推她！還沒站定，便又像瘋了般，一頭向方武男撞去！嘴裡一個勁的喊：

「你不讓我活，大家一起死！我跟你拚了！」

方武男手一鬆，讓那女子站開去；李芸兒人一衝到，他便一手抓住她，將她往旁邊一撥，李芸兒踉踉蹌蹌跌倒，馬上又跳起來，再衝到方武男身上，又是手又是腳的抓抓打打。混亂中，李芸兒挨了一記耳光，胸前受幾拳，頸上那串她母親給的項鍊被方武男扯斷，落在地上。李芸兒哭得像淚人兒似的，顧不得圍觀看熱鬧的人越來越多，屢仆屢起，似要拚個一死！

方武男見看的人多，加上身邊女人一直一覽無遺的看了所有經過，如果再鬧下去，只怕事情不能收拾，因此便拉了那叫小文的女子，說：

「我們走！」

兩人半走半跑向停車場，本來跌坐在地上的李芸兒，一把抓起跌斷的金鍊子，也緊跟在他們身後跑。

跑到停車處，方武男逕自坐入駕駛座，隨即打開旁座車門，讓小文進去。李芸兒這時已氣喘吁吁的趕到，攀住車門不讓關，硬要擠到前座去。

「你這女人怎麼搞的?這樣不要臉?妳是誰嘛?」

「我是方太太。」李芸兒瞪著女人說。

女人冷笑一下，說：

「方太太只有一位，可惜不是妳。」

李芸兒氣極了，突然口尖舌利起來：

「妳知道有方太太就好。」

「妳又不是方太太，根本沒權利這樣。」

「我有沒有權利妳問方武男。今天妳坐的車，吃的飯，全是我的錢！他打電話要我送錢讓他付修車費，請客戶吃飯……原來客戶就是妳！一個女人可以不顧顏面和他這樣吵，自然有他不能不吵的原因，妳自己想想看就知道。妳如果落入他陷阱，只怕將來要受和我相同的罪。」

女人不說話。方武男趴在方向盤上，恨惱的說：

「妳有完沒完？瘋夠了沒？」

「沒有！今天我要討個公道。」

名叫小文的女人突然推開李芸兒，說：

「妳讓開，我要走了，你們的事自己去解決，我犯不著蹚渾水。」

「等一下，小文。」方武男著急的又叫又拉：「我有話對妳說。」

小文甩掉方武男的手，推開李芸兒，踩著高跟鞋一扭一扭的離開停車場。李芸兒一下子從緊張邊緣脫出，備感疲倦，攀住車門，一屁股坐上前座，整個人癱瘓似的，仰靠在椅背上。

方武男見她坐進來，便粗聲粗氣的罵了開來：

「這下妳可高興了，好好的一件事被妳搞砸，我完了！我完了！」

「我壞了你的好事，是不是？揭開你的騙局，讓你少造孽！」

「妳知道什麼？她本來要借我一筆錢，我就可以度過這個難關……現在卻被妳一手搞砸了，可恨，可恨！」方武男把臉埋在方向盤裡，用左手不斷拍打著方向盤，懊惱萬分。

李芸兒突然明白了，原來他在施用「美男計」，假藉感情騙取女人的金錢！她覺得極端惡心，眼前一陣突如其來的昏黑。

「妳這女人，滿腦子都是狗屁感情，妳口口聲聲說愛我，卻一天到晚扯我後腿！我是倒了八輩子楣才和妳在一起，本來好好的一筆錢，妳知道多少嗎？至少兩百萬！不要利息的。妳給我那萬把塊錢算什麼？當眞可以買我了？」

李芸兒幾乎是絕處求生般的問他：

「你要多少錢？我們可以一起想辦法，我會盡全力去籌。你，何必用這下三濫的缺德方法？」

「閉嘴！壞了我的事還談什麼？給幾千塊就不得了，事事管到我頭上來。要是眞拿妳大筆錢，還有我方武男活的地方？呸呸，別說得那麼好聽了，妳這白腳爪的不祥女人！」

方武男向窗外狠狠的吐了口痰，又罵：

「兩百萬、兩百萬，就這樣泡湯了。可恨啊，妳這女人！」

他用力捶了下椅墊，突然返身對著她刷過去一個耳光：

「不要再纏我了，我和妳根本沒什麼狗屁感情。告訴妳，聽清楚，我對妳根本沒有一絲絲感情！妳滾，一輩子都不要讓我看到。」

李芸兒撫著右頰，定定的看著他，不相信那是三年來她斷斷續續在一起的枕邊人。男人失去了有錢的派頭，開始被金錢所迫時，居然可以完全變成另一個人。

方武男不再理她，恨恨的又彎下身，用頭抵住方向盤，不一會兒，又用自己的頭撞著方向盤，一邊反覆的低叫著：「我完了，我完了！」一邊竟粗聲粗氣的低嚎起來。

他一定是被逼急了，才會出此下策，才會如此不顧情義。芸兒這樣想著，心底浮起一種類似母親的情懷，不覺伸手去撫男人的肩。

「不要碰我！」

方武男在她的手觸及他時，像觸電般彈了起來，回過頭對她咆哮：

「妳還不走！把我弄垮了妳還不滿意？你這……賤貨！」

芸兒張大嘴，她不相信那種話出自他嘴裡！他怎麼可以這樣？

「下去、下去，我不要再看到妳！」

他伸手推她，滿臉的嫌惡，見她兀自不動，竟踹起腳來踢她。芸兒在劇痛和惶急中打開車門，連滾帶跌的爬出車子。

方武男用力將門拉上，開始發動車子，他根本不看芸兒，車子一動，滑出車位，旋即掉轉車頭，很快的開出停車場，沒入馬路的車列中，轉眼消失。

芸兒一個人呆呆站在漆黑的廣場上。停車場外，街道兩旁靜靜亮著的輝煌燈火，像大度的母親，安閒從容的容納著流轉不息的車水馬龍。

家，在好遠好遠的地方……

第五章

寬大的雙人床上，一條薄被蓋住大半張床，李芸兒露出那張半被濃髮遮住、下巴尖尖的瘦臉，闔著眼，沉靜宛如染有沉疴的病人。

張少華坐在一旁，手上捧著碗稀飯，恨恨的嘀咕：

「妳不吃，餓死了他管妳？沒見過這樣不開竅的人，好處半點沒沾到，還被打得鼻青眼腫，偏偏妳還不死心，還想爲他死……拜託，吃一點好不好？快涼掉了。」

她用湯匙挖了一口稀飯，拿近芸兒嘴邊，芸兒頭一偏，嘴巴緊閉不張，少華忍不住就提高聲音：

「他折磨妳，妳就折磨我！我也不管了，只等著替妳收屍就好。」

罵完見李芸兒眼角滲出淚水，又不忍心，拿著飯碗自己坐到客廳去，伏在裁衣檯上不覺放聲大哭起來。哭過一陣，抬起頭，一咬手，撥通電話到方家去。

電話恰是方武男接的，張少華劈口就罵：

「你這不要臉的男人，玩了女人不負責沒關係，拿人家錢還將她打成那個樣子，我希望你不得好死！李芸兒萬一死了，她會去找你索命！」

對方「啪」的掛斷電話，張少華邊罵又邊撥過去，對方電話顯然是掛上了，怎麼打都打不進去，少華無奈，改撥到妙玉店裡去。

接電話的人告訴她：

「洪董事長出去十分鐘了。」

聽到妙玉已經出來，少華心裡稍微鎮定一點。兩個人總比她單獨一人好。她可沒那種勇氣守著似乎一心要尋死的芸兒。

門鈴一響，少華三步併做兩步去開門，很快將妙玉迎進廳裡。

妙玉放下皮包，逕自走進臥室，細細看了芸兒一圈，對她說：

「妳想殉情呢，還是想一死來懲罰方武男？」妙玉拉過椅子，說：「殉情顯然沒有對象嘛，對方好像不和妳談感情了。如果說用死來報仇，最多換得報紙報導一番，這種小事，大概只值得排個一段幾行，塞在報屁股上。揭了瘡疤，妳死不安寧；他可是一點損傷也沒有，要騙其他女孩子還更方便，少了妳礙手礙腳。良心嗎？妳難道相信他還有良心不安的時候？依我看，妳還是好好活下去，不管要不要和他混，都得做個獨立的女性，別成天都是眼淚鼻涕的，把女孩子的所有可愛都搞掉了。」

芸兒不作聲，緊閉著雙眼，腮上盡是淚水。

妙玉又說：

「死是簡單，一口氣不在，不就結了?只是妳這一死，親痛仇快，妳那老母親，跟她告別了沒？」

芸兒一聽，眼淚更如雨下，慢慢竟至抽泣起來。

妙玉不言不語，任她哭去，半天，見哭聲漸歇，才從少華手裡接過稀飯，說：

「起來把它吃了罷。吃完我還有話跟妳說。」

妙玉連催兩次，伸手去扶芸兒，芸兒不推不拒，倒是乖乖的乘著她的力坐起來，撩開頭髮，接過飯碗，有一口沒一口的吃了起來。

看看一碗稀飯吃完，妙玉將空碗接過，順手放在床几上。芸兒也不躺下，斜靠在床背上，顯然要和妙玉談話的樣子。

妙玉微傾著上身，對她說：

「芸兒，方武男對妳怎樣，到底局外人不甚清楚。前因後果，前塵遠景，妳自己想個透徹。往後，到底還能不能來往?如果來往，妳千萬要看得破，別要求太多，因爲他給不起，妳自己徒惹傷心。要是不來往的話，當然另當別論。」

妙玉停下來看她的表情，見她不言語，故意又追問了一句：

「到底還來不來往？」

芸兒不說話，只拿著腫泡眼看妙玉襟前繡的一朵花。

妙玉因說：

「妳不說，我也明白。好，我把話說白了吧。芸兒，和方武男的感情，將妳弄得像軟體動物似的，整日慌慌亂亂、緊張兮兮，一點美感也表現不出來。爾後，妳一定要先求獨立，才有魅力，有魅力，才能不斷吸引男人。妳懂嗎？」

芸兒抬眼看她一眼，嘴角牽動了一下。

「現在方武男生意失敗，亟需要錢，以最下策來說，如果妳先能求經濟獨立，偶爾濟助濟助他，不愁他不來找妳。不過，」妙玉頓一下，加重語氣：「只靠金錢維繫的男女關係，實在不值得費心維護。不知妳明白我的意思嗎？我是衷心希望妳能做個獨立快樂的單身女郎，有自己的生活天地，能自得其樂，情緒不受男人影響，這才是最重要的。剛才只不過是舉例而已，其實用錢綁住男人，最不足取，也最不保險。」

芸兒依舊不說話，低眉低眼的。

「獨立可不簡單，最少妳要禁得起寂寞，甚至要享受它，這需要毅力和慧根，達到那種境界必須付出代價。事實上，人生許多事，那一件不須付出代價？別再由著自己軟趴趴的過活了，妳和少華都出去做事吧，不要像小老太婆一樣窩在這裡搞成衣，妳們火候不夠，搞不出什麼名堂，平白把青春蹧蹋掉了。」

少華在一旁說：

「我早就想再出去做事，就是不放心芸兒。」

「有什麼不放心的，她又不是小孩。」妙玉偷偷對少華擠了下眼睛，說：「如今，誰還能靠誰？每個人都要學習照顧自己才行。」

「妙玉！」芸兒突然啞著聲音開了口，又清清喉嚨說：「你們家樓下店面，不是租期到了，要另租？」

「幹嘛？」

「我想租下來，開個西餐冷飲店。」

「妳自己一個人？不搞本行了？」

芸兒搖頭，又看少華，遲疑的說：

「不知少華願不願再和我合夥？開店可以多認識人。」

「我不再自己創業了，不是做生意的料。而且搞餐飲我外行，又拋頭露面的。」

芸兒轉向妙玉。

「妳還能再分點心搞餐飲嗎？」

「我沒興趣。搞成衣已夠忙了，而且我最近還準備和人合夥做休閒服，談攏的話，可有得忙了。老實說，我也不想讓工作超過飽和，總得留點時間享受生活吧？」

芸兒沉思了一下，說：

「其實，小餐飲，十幾張桌面，我一個人負責外場，也搞得來。」

妙玉說：

「只要有心，那件事做不成？不過，既是外行的事，剛開始做，找個合夥人，凡事好商量，有照應。這樣好了，妳自己可先構想，我另外幫妳留意，看看是否有合適的合夥人。」

妙玉看看錶，站起身子，說：

「我要回店裡了。」拉拉窄裙，又向著芸兒：「我們都是快三十的人了，凡事妳也該有個打算，最少也得學會照顧自己，別老爲不值得的人和事尋死覓活的，搞得驚天動地、勞師動衆。——少華也休息吧，這些天把妳給累壞了。」

「妙玉——」

妙玉回頭，就勢倚在臥室門框上，看著芸兒。

「妳幫我打個電話。」

「男主角？」妙玉挑著眉問。

芸兒不答，只問：

「好不好？」

「沒什麼不好。只是，要幹嘛？叫他來？」

芸兒點頭。

「打電話可以，不過拿起話筒我就有氣。」

芸兒拿眼看她，不言不語，一臉的祈求。

妙玉走到客廳，拿起電話問少華：

「幾號？」

電話撥通，妙玉從容不迫的問道：

「方先生在嗎？我這裡是長青紡織。」

隔了會，只聽她說：

「方武男方先生嗎？我是××報跑法院的記者，姓陳。有件事想請教你一下，李芸兒跟你什麼關係？她現在自殺獲救，說出了你們的事，我想查證一下再上報……嗯，是有點報導價值……她現在回到她住處……我有個密友正好是她的好朋友……李芸兒如果反對，我們當然尊重她的立場，不過……什麼？你要和她說話？你沒搞錯吧？她躺在床上，剛搶救回來，怎能起床？何況你算老幾？我告訴你，方先生，做人但憑一點良心，李芸兒人財兩失鬧自殺，你是罪魁禍首，連面也不露一個，殺人不眨眼，未免太過分了。大家是得饒人處且饒人，就看你的表現了。」

妙玉掛了電話直笑。少華問她：

「這樣騙他，有效嗎？」

「草包一個！別看他那抖樣子，唬得住芸兒，可唬不了別人。機遇好，讓他搭便車賺了點錢，其實肚子裡沒什麼貨，連常識都很匱乏。這種男人，自私怕死，即使是敷衍，也會來一趟的。」她朝臥室大聲喊：「我走啦。妳等著吧，那方武男不是今天，就是明天來。不過，別再指望他了，自己想辦法好好的、快樂的活下去。」

不到兩個鐘頭，方武男提了一袋水果，臉色沉鬱的去按李芸兒的門鈴。張少華去應門，一見是他，反身就進自己臥室。方武男也不理她，逕自進了李芸兒房間。

李芸兒側躺著，臉面向外，早知是他，垂了眼，淚水便汩汩流了一臉。

男人拉過椅子坐到床前，停半晌，伸手撩開她頭髮，用自己手帕去拭她的淚，說：

「妳明知我心情不好，和我吵什麼？平時，我不是待妳很好？妳自己也該反省反省，老是吵吵吵，那個男人受得了？而且也犯不著對什麼記者說嘛，我們兩人都上報，對妳又有什麼好處？」

李芸兒聽他的好言好語，滿肚子委屈一下子發洩出來，哭得更不可收拾。

男人俯下身，將她往床內側半抱半推，然後自己側身擠上床，雙手一環，就將她抱在懷裡；騰出手，撫她的臉、髮，又輕輕抬起她的下巴。就在兩手忙個不停的當兒，他將左腳尖頂著右腳跟，扯脫一隻鞋，再將左腳跟就著床沿一擦，把另一隻鞋也脫了，整個人鑽進被子裡去。

完事之後，李芸兒靜靜躺在他懷裡，一切又回復到往日他偷空來找她尋歡時的狀況，急急忙忙的，好夢短暫，短暫得連調情也省去，連上衣也不脫，只忙著去脫下身，好像專程就是爲做這件事似的。

她不要再過這種日子！她要公開讓他太太承認，她可以不做正牌方太太，不要任何名分，但，最少一個星期也得撥一兩天在她這兒過，她要過一過那種可以安安穩穩、同床共枕一夜到天明的日子。

「喂，把我們的事跟你太太說了吧。我不爭什麼，只要一個禮拜讓你在這兒過一兩個晚上就好。」

「那怎麼行？妳不知道她的脾氣，會鬧得不可開交的。而且我生意失敗又搞出一個情婦，那個親友肯幫忙？」

「我準備出去開店，也可以掙錢幫你還債，你這樣告訴她，她會諒解的。」

「不行，她佔有欲很強，絕對行不通。而且開店的事，八字都沒一撇，遠水救不了近火，現在說未免太早。」

「如果，」芸兒用指頭劃著他的胸膛：「我自己有辦法讓她接受的話，你不反對吧？」

「別開玩笑，妳不了解她，沒那麼簡單的。」她看著她，鄭重警告：「妳別胡來，聽到沒有。」

方武男後腳剛剛離開，張少華前腳便進了芸兒臥室，遠遠的站在壁燈下，睨著芸兒說：

「怎樣，病全好了吧？小姐。眞是靈丹妙藥！妳無恙，我可要出去了。」

芸兒不好答理，只有衝著她訕訕的笑。

少華出去後，芸兒也從床上坐起。套上浴帽，坐到鏡前，細細端詳著自己。幾天折騰，的確憔悴許多；青春痘癒後，仍舊在臉上留下痕跡，像罩上一層黑斑，使整張臉平白黑了好幾分。

她拿來冷霜，用手指挖了一撮，塗在臉上，開始按摩，眼角與眼下，無論如何不能讓皺紋爬上，最少，她要表現一種煥然的神采，她要掌握這唯一勝過他太太的王牌。

按摩過後，她小心用化粧紙拭去冷霜，然後洗澡、洗頭，用半個小時去捲髮，仔仔細細以晚霜塗了一臉，又在眼睛四周上一層眼霜，這才上床去。連著趕工熬夜，又受了那麼大的刺激，像是被人從高處狠狠摜下一樣，應該是夠累的，偏偏上床後卻越來越清醒，許多該想和不該想的事情亂糟糟一腦子。連著數了幾次羊，每次都數不到五十就給擰亂了。她考慮了很久，終於打開床櫃，從小塑膠袋裡拿出一包藥房配的安眠藥，用開水吞下去。

她到第二天上午過九點才醒來，張少華不知去那裡，連紙條也沒留一張。熱水瓶裡的水是昨天的，少華沒換，可想而知走得匆忙，也許去找事了吧?成衣製作的事，沒想到會這麼早拆夥，是她誤了少華，她一再的讓少華失望，起因全爲了方武男。一樁不被祝福的孽緣，到頭來，是否連各自的友誼也會失去?

她將熱滾的開水沖到磁杯裡，爲了振作精神，特別在牛奶裡加了半匙咖啡，然後就著剩下來的土司，草草吃了早餐。

接下來，足足花了二十分鐘弄她的頭髮:下捲子，吹風，好不容易才弄妥，爲了怕美容院做髮太僵硬呆板，花這些時間是值得的。

今天的化粧，特別爲搭配那件紫色國民領眞絲洋裝而採紫色調。近距離的短兵相接不能濃妝，否則只有平白暴露自己皮膚的缺陷。因此，她把重點放在眉、眼的強調上，她幾乎是一根根畫好那兩道眉毛的。

十點半抵達方家，也是她家的巷子，許久沒回來，說不上近鄉情怯，但卻惶惶然，全身股慄似的難過。把練了千百遍要說的話，重新再溫習一遍，人已到了十五號門口。

她伸手按門鈴，門鈴響的聲音居然嚇了自己一跳。

應門的是方武男的母親。李芸兒有禮的問她：

「方太太在嗎？」

「在、在。」老太太熱情的將門大開：「進來坐。」

一邊大聲向裡喊：

「秋子，有人找妳。」

和家裡相似的格局，不同的是，客廳多擺了兩張辦公桌，顯得狹隘一點。

李芸兒換上拖鞋，一抬頭，正巧方太太——秋子從裡屋出來。乍照面的那一刻，兩個女人都嚇了一跳。芸兒饒是有備而來，但乍見到對方那憔悴、蒼老和疲倦綜合起來的一張臉，竟完全缺乏印象裡那份潑悍和趕盡殺絕。而秋子，則完全在沒有防備的心情下，目睹丈夫的女人，在羞赧中帶著莊嚴的堅決，出現在自家的客廳裡。

匆促中，李芸兒僅記起台詞的一半，倉惶對婦人說：

「方太太，我姓李，我想妳知道。」

婦人很快恢復鎮靜，她一面客氣的延座，一面說：

「啊，不是十一號李家的小姐？」

芸兒併著腿坐在暗紅色的沙發上，秋子忖度一下，選擇對面的椅子坐下。四目交接，芸兒才覺得婦人身量的高大，壓著人喘不過來。

「上次李小姐的母親來過一次，說是我們方先生佔了妳便宜。我是個明理的人，如果有這種事，那能叫人家未出嫁的小姐吃虧？但是方先生否認，只說認識而已，怎會扯出那種事？可能是誤會或……」

「不是誤會。」李芸兒困難的打斷秋子的話。這和她原先預計的局面不一樣，因此，她顯得有點混亂。可是，心中有股力量，一直吶喊叫她鎮定，錯過今天，也許她就永遠只能沉淪下去了。

「方太太，」她向前挪了下身子，誠懇的對婦人說：「我知道這件事很對不起妳，而且也很難讓妳接受，但是，事情到了這種地步，不說也不行。我希望妳能站在女人的立場，接納我。」

她望著秋子，看到對方眼中閃過驚悸之色。這個發現使她鎮定不少。最少，對方也會害怕，也有脆弱的地方，也是女人，那麼，她成功的希望就大一些。

「我和方先生的事，已經快四年了。她常去我住的地方，我們，我們就像夫妻一樣……」李芸兒不自覺低下頭去，對一個人，尤其對情人的妻子做這種表白，的確比想像中困難多了：「一開始，我並不是故意這樣，我那時畢業不久，沒有經驗，方先生是我的第一個男朋友……一開始，只是方先生載我上下班，我完全沒有想到會和他這樣……我也是，也是好人家的女兒，我不想破壞人家的家庭，可是，我也不能永遠這樣……」

這原是方武男要說的話，卻由我李芸兒自己厚顏的表白！說不下去了，不正常的關係中，即使是理該美麗的事，拿到嘴上說，也變得齷齪不堪。

「妳想怎麼樣？」婦人一動也不動，謹慎的問她。

芸兒迅速抬頭望她一眼，在淚光中，恍然見她臉上似有一種可以商量的神色。芸兒馬上接口：

「我求妳能夠諒解，方太太，我絕不會破壞你們的家庭，我也不要求任何名分或什麼，我什麼都不要求……」

「妳到底要怎樣？」

秋子突然大聲打斷芸兒的話，芸兒嚇了一跳，看見秋子鐵青著臉望著她。她張著嘴，竟然說不下去。

「李小姐，我問妳到底打算怎麼樣？」

「我……我只求妳承認我，讓方武、方先生，一個禮拜能到我那裡去……一兩天就可以，不會影響你們……」

芸兒困難的把話說完，然後用手絹拭拭眼角，眨巴著雙眼看住秋子。

秋子像石膏一樣的端坐著，沒有任何表情，幾乎像不曾聽到芸兒說的話一樣。兩人就那樣僵坐著，老半天，她突然站起身子，走進裡面。

芸兒緊張的目送她的背影離去，不知她要幹什麼。她原可以罵芸兒，甚至將之趕出去，但她沒有，似乎她也被芸兒單刀直入的造訪嚇呆了，一時想不出應對之策。

芸兒豎著耳朵，隱隱約約聽到秋子低低的說話聲，約莫過了半世紀之久，才聽到雜雜沓沓好幾個足音走出來，芸兒不覺全身警戒起來。

秋子在前面，後面跟著一個人。她太高了，遮住了後者，等見到是方武男，芸兒整個血液都凍僵似的，凝住了。大白天裡，他怎會在？

方武男用狠毒的眼光瞪著她，似乎要把她就這樣用眼睛埋掉。芸兒避開他的眼光，挺直腰桿，擺出迎戰的姿態，反正終究是要來的，讓我們面對吧。

秋子坐回原來的位置，指著方武男，笑對芸兒：

「李小姐，這是我先生，料妳見過。」

芸兒不知她擺下什麼譜，不肯說話，等她下文。

「我請他出來的原因是，凡事莫如當面說清楚，兩相對照，有沒有一切假不了。光聽一個人紅口白舌的，怎做得了準？」秋子轉向她丈夫，笑容可掬的問：「武男，這位李小姐，說和你認識已快四年，你們好得有如夫妻……」

芸兒偷偷覷著方武男，後者青著臉，如不動天尊般正視著前面，誰也不看。

秋子又轉向芸兒，說：

「李小姐，我這人最明理，如果我先生確和妳有那種事，莫說去你那裡住，我會勸他把妳帶進來，一家人住著好照應。但是，如果他不承認，妳可不能亂加罪名要脅一個大男人，我這做太太的，要請妳檢點自愛，不要亂纏，否則不但影響我們夫妻感情，對妳一個未出嫁的小姐也不太好。」

芸兒臉上青一陣白一陣，任她說著。只見男人依然一臉漠然，動也不動。

「武男，這李小姐，你可認得？」

「廢話，不是十一號的？」男人暴怒而不耐煩的應著他妻子。

「不知道你可曾和人家怎樣？一個未出嫁的小姐，說你和她像夫妻一樣，這話那能逢人亂說？你倒說說看，到底有這事沒有？」

方武男不說話，兩個女人一齊盯住他。他突然站起來，憤怒的說：

「現在是什麼時候？把我叫出來問這種事？我，正事都不要做了。」

說著就要轉身進去，秋子一把將他拉住，將他按入沙發裡。

「有沒有，到底說清楚。如果有，我這老太婆馬上退隱，讓你們好好廝守，省得礙眼。如果沒有，你就明說，好讓李小姐死了心──你說呀！」

「說什麼？說！」男人十指插進頭髮裡，懊惱的問他老婆。

「我怎知你要說什麼？有沒有和她睡過，你自己心裡明白。」

「哎呀，這種話──」

「有沒有不過兩個字！放心，有的話，我馬上退隱，讓你們遂心遂意，眼不見心爲淨……」

「妳又鬧什麼毛病，事情還不明白就打算要怎樣？」

「我又能怎樣？十七歲跟你，二十多年來可以說由死裡做過來，什麼苦沒吃過？現在生意做垮，我可曾抱怨，照樣日夜兼差，幹那任人差遣的旅社服務生。苦我不怕，只是這樣辛苦撐持起來的家，你能放手破壞，我又何必在乎？大家豁出去，左右不過一個死！」

「不要亂說了，好不好？」

「那你自己說呀，左右總得選條路走。」

「哎呀。」男人唉聲嘆氣的拖延。

「到底，有沒有？」秋子緊逼向前，「你不說，是逼我走——」

「沒有啦。」

李芸兒不敢置信的瞪著方武男。

「沒有？你總和她做過什麼事？否則人家怎麼尋上門？你說呀。」

「哎呀，只一起看過電影嘛，根本沒怎樣。」

「眞的只看過電影？」

「哎呀，我說是，妳還聽不懂？——我不想再談了。」

秋子得意的回頭對李芸兒：

「方先生說的，不會假吧？」

李芸兒被秋子一問，如夢初醒，對著方武男重複低問：

「方武男，你怎能這樣？你怎能這樣？」

方武男不做聲，一味用十指插著亂髮，根本不看她。

「李小姐，這樣妳該死心了吧？這件事到此也該告一段落了。我們很忙，妳請回吧。」

芸兒不知是怎樣走出方家的。她叫了部車開到以前常和方武男去的賓館。要了一個房間，一進門便把身子摔到床上，開始是嚎啕大哭，後來哭聲漸歇，變成抽泣；再後來，淚乾了，便乾瞪著天花板。

她從皮包裡拿出一小袋藥，攤開來，還有四小包，每包五顆，共是二十顆。她數了一遍，再數一遍；把紅的放左邊，白的放右邊，重新再數……

他怎能這樣待她？他居然能當著她的面說謊，說得那麼輕易、那樣不負責、那樣絕情！她不如他妻子，未必真的那麼輕如鴻毛；他真認定她不會怎樣？她怎能讓他這樣！

芸兒伸手到了杯水，握著玻璃杯的手微微發抖。她用眼睛把藥又數了一遍，吞下去，又怎樣？

然而，這樣不明不白的死了，當眞就懲罰得到他？伯仁爲他而死，又干他何事？在妻子和情人面前，都大剌剌說得出假話的人，誰拿他有辦法？然而，最起碼，也要讓他不得安寧。

至於死後的世界是怎樣的？她無法想像。只想著年老而壞了眼的母親，在亂草荒煙中老淚縱橫的杖她的棺。她只活了二十八歲，人世間的千品百味全只淺酌，就是深飲了一杯不該喝的苦酒，就這樣逼上絕路。而他，卻還坐擁妻兒，若再有錢，還能更擁美女。天啊，這一切，豈有公道可言?!

他的妻，也許未必就相信他的假話，但，謊言沒有拆穿，大家還撐著一張臉皮，凡事仍有收拾的餘地，她何必就去拆穿他？說來，秋子倒也是一號厲害人物。但是，像這樣打脫牙和血呑的擔當，對一個女人又談何容易？明知丈夫有外遇，還得一臉賢慧的當做沒那回事，即使是她李芸兒，也做不到這樣。想來，佔了便宜猶賣乖的，大概就只方武男一個人了。然而，面對太太，他到底還存著不傷她心的情意，拚了讓芸兒進退失據的尷尬，保存著太太拼湊的自尊，對他妻子而言，這也算是「愛」吧？那麼，李芸兒，妳算什麼呢？

芸兒放下玻璃杯，翻身從床上坐起，打開茶几抽屜，拿出旅館的信箋，就著茶几，提筆寫下妙玉和少華的名字，才點上冒號，眼淚便噗的落在信箋上。

她用手拭去紙上的淚痕，開始從頭叙起，一字一淚。最後，寫到自己的母親，她說：

「與其這樣不名譽的玷辱母親養育的恩德，何如一死來洗清自己的不潔。母親是相信死後有知的，請早晚一炷香，渡我超越枉死，尋那方武男一問是非。」然後，她拿起一顆紅色的藥丸，和水吞進去；再拿起第二顆、第三顆……直到二十顆全數吞下。她又從皮包中拿出化妝紙和粉盒，重新勻妝，像要赴宴般仔細。

還有多少未了的事呢？

她打電話到北投方家去，接話的是方武男的母親，她叫他聽電話。

「方武男，你竟然這樣對我，我，我不會放過你，我已經準備好了……」

「喂喂，妳在那裡？妳怎麼了？喂——」

「你不用管，你放心，你也……不會好過太久……」

「喂，妳究竟在那裡？我去看妳，喂，告訴我，妳在那裡？」

「來不及了，我已經吃了藥。」

「妳在那裡？芸兒，快告訴我！」

「我在……我在那家賓館……你不用來，來也沒用……」

方武男很快掛斷電話，芸兒怔半天，才又疲乏的撥了電話到妙玉店裡去？

「妙玉，我是芸兒，我吃了藥……妳和少華來一趟，我有一封信給妳們……妳快來，否則，會被方武男拿去。」

「芸兒，」妙玉鎮定的問她：「告訴我，妳現在在那裡？」

芸兒說了街道和旅館名稱，隨即掛上電話。然後又撥住處的號碼，只撥一半，覺得好累好暈，順著床躺下去，迷迷糊糊中，彷彿聽到有人敲門、叫喊，聲音好遠、好遠……

醒來時，她只覺全身不對勁，特別是喉嚨更疼痛萬分，她掙扎著，只聽有人說：

「不要亂動，芸兒，妳身上有管子。」

睜開眼，眼前的影像逐漸清楚，妙玉站在腳前，少華和那方武男分站兩側。只一會兒，她便想起千百種事，把頭一偏，不看方武男，痛、悔、恨，催著兩行淚像趕集似的奔瀉而下……

只聽妙玉說：

「這下可好，若這樣死去，豈不太不值得？放著人家新人舊人的應酬，白白賠上一條小命。」

「若我是妳，拿把刀把他給捅了，省得在這裡貓哭耗子。」少華咬牙切齒的接口。芸兒縱然不看，也知道那方武男定是臉上青一陣白一陣的。比起她受的種種，這又算什麼？但是，在痛楚中，畢竟還讓她有幾分快意。

「那封遺書在我手上，看是否要找報社的小張報導一下，也叫那人別以爲世界上沒人治得了他。」妙玉又不疾不徐的衝著方武男刀削劍砍，她就有那本事，叫被罵的人惴惴然而不知所措：「說來也是在外頭闖的男人，做事怎麼像烏龜似的，佔了便宜還撇清，他當眞以爲自己是履地無痕，神不知鬼不覺的？」

芸兒在旣痛又乏之中，聽著好友們輪番幫她數落方武男。到底也有稱心快意的這一刻，即使是付出如此可怕的代價，似乎也是值得的。但是，這種種之後，又爲自己扳回多少？自己可能擁有半壁或僻處一隅的江山嗎？

想到這裡，她不覺緩緩回過頭，看著站在一隅侷促不安的方武男，不無恨意的問：

「沒有死，太令你失望了？」

「妳說什麼？」方武男急急辯白：「我急死了，差點瘋掉！妳，妳怎麼做出這種事？」

芸兒疲倦的看他一眼，在那種情形下，她又能做什麼？

張少華撇撇嘴，在一旁冷冷的說：

「不是你叫她去死的？」

方武男故意聽若未聞，只俯著身對芸兒輕憐蜜愛：

「別說話，先把身體養好再說。」

急診室裡，一張推床挨著一張，氧氣筒亦步亦趨的跟著；看護的家屬擠著另一些看護的家屬……張眼看來，竟是一個這樣悲慘的世界。

置身在這無情天地之間，能有一個心繫的男人緊挨身旁，看著自己掛著點滴，一分一秒慢慢的流著，芸兒攬著幾分安慰，不知不覺就一沉沉睡去了。

第六章

店口上掛起小巧的圓形壓克力招牌，順著招牌邊緣，圓圓閃著一圈小燈，照得「蜜蜜屋」三個字，在三、五步就一家的小餐廳行列中，顯得突出而別致。

李芸兒站在吧檯裡燒咖啡，這手看家本領是跟著合夥的丹莉速成學來的，居然也派上用場，游刃有餘。

十二張檯子的店面，只坐了一桌一個客人。這地方是辦公區，生意只做到中午，一過午客人便很寥落，一入晚，更顯得冷清，經常兩三個小時沒一個客人。

開幕將近半年，她們挖空心思招徠生意，貼海報、賣九折餐飲優待券，附送品咖啡的蜜豆，調整更羅曼蒂克的燈光……生意依然沒有起色，一過六點，白日裡熙來攘往、生龍活虎的這一帶，便死寂有如無人城，只有店和店，隔著窄窄的街道彼此貶眼。本來這裡也不作興太晚打烊，但店租不便宜，妙玉雖讓了價，但房子是洪家老爹的，行情如此也少算不了太多，爲了多做生意，少付開銷，兩個老闆娘只好咬緊牙，自己苦撐到十一點，讓做餐的歐巴桑和日班的小妹下班去，免得多付晚班的開銷。

穿著一身豔紅的丹莉，正坐在客人對面，殷勤的陪他聊天。已經是兩個孩子的媽了，全身卻散發著教人抗拒不了的風情，加上離婚婦人特有的開放，讓她狠狠的把芸兒給比了下去，到處受客人歡迎。

本來生意好就行，犯不著去計較誰較能招徠客人，芸兒心裡明白，卻老覺得不是滋味，尤其打烊後，經常有醉翁之意的客人，等著伴丹莉回家。儷影雙雙，對照著自己形單影隻的獨守在店裡隔出的一坪半大小的房間裡，翻來覆去的，就是拋不開重重疊疊的影子。白日裡，客人儘管不多，但來來去去，總有叫人忙的；否則腦子裡也塞滿怎樣招徠生意的點子，閒不下來。唯有打烊後，一爿店空盪盪只剩自己一個人，偶然點一支煙。坐在咖啡座上，縱有千言萬語，又憑誰去說？洗過澡，換上睡衣，把座上的燈全熄了，躲進一坪半大的釘著木板床的房間，白日裡不敢想、不能想、不去想的人和物全竄進腦子裡。拚了青春，也拚了一死的結果，仍是孤枕單衾，活寡婦似的獨守漫漫長夜。偏偏次日丹莉一來，又眉飛色舞的對她談起昨夜種種：不同的對象、不同的際遇、不同的歡樂。可巧的是，兩個各擁破碎經驗的女人，誰看得慣另一個人的幸福？

芸兒兩次三番對妙玉牢騷滿腹，起先還冠冕堂皇的把丹莉行止和店裡生意扯在一起：

「沒見過這樣不知分寸的女人，白天店裡的客人，晚上帶到家裡過夜去，而且還拿來說嘴，一個一個的換，也不怕傳出去影響生意，人家還以為我們是賣肉的。」

「他們對妳說了什麼？還是做了什麼？」

「他們那敢？我又不是那種女人。」

「那就得了。妳把它當做丹莉的私生活，別去管它吧。」

「可是，會影響生意呀。」

「她那些入幕之賓，以後還來不來店裡？」

「來呀。來，我才擔心。」

「這就奇了，生意上門妳也擔心。那些客人，又沒一個對妳做過非分之想或非分之求，妳的擔心不是想像出來的？而且，像妳們這種生意，客人根本就是衝著某人來的，丹莉要不賣力招徠生意，妳才得擔心。」妙玉平平淡淡就將她的嘴給封住：「芸兒，合夥生意本來難做，我們憑良心說，要沒有丹莉，這個店會開得這麼順利嗎？她從前開過，做餐、飲料、咖啡、叫貨、補貨，樣樣熟絡；若單單是妳一個人，從何摸起？而且，說句不中聽的話，店裡客人，有不少是衝著她來的。我不是偏袒丹莉，也不是說妳不好，而是不夠放得開，老鑽牛角尖。做生意不能耍個性、鬧情緒，妳自己有什麼倒楣事，不能掛在臉上給客人看。誰願意花錢看哭喪臉？」

芸兒被說得渾身不是滋味，偏偏又拿不出什麼有分量的話駁斥妙玉，只有聽她繼續說下去：

「當初找丹莉跟妳合作，我也擔心妳們個性不同，又沒有友誼做基礎，恐怕合夥後會有摩擦。但回頭一想，妳也近三十了，事情應該分得出輕重，開店嘛，掌握大原則就好，那就是只要大家盡心，有生意，其他一切可以一筆帶過。不知道妳覺得怎樣？」

「我當然是這樣，不過，她的行為……」

「她的行為怎樣？芸兒，妳不是嫉妒吧？」

「天！我才不嫉妒！又不是什麼光榮的事。」

「但也並非什麼不光榮的事，對不對？」妙玉吸了口煙，緩緩噴出煙霧，在煙裡霧裡看著芸兒：「她離了婚，和誰都沒有瓜葛，只要不影響第三者，她愛跟誰就跟誰，應該都礙不著誰才對。而且她做起生意，全力以赴，很少在營業時間做私人勾當。反倒是妳，方武男一來，不管店裡客人多少，妳都擱下一切陪他，也不管其他客人有沒有誰招呼……」

「亂講！客人都有丹莉或小妹招呼；而且，方武男也難得來……」

「沒錯，是很難得來。且他怎不晚上來？既不影響生意，又可以陪妳，也省得礙人家眼，來了就像他是老闆似的，對小妹頤指氣使的，也不管人家忙不忙，咖啡要特別濃的，茶要上好的烏龍茶。我問妳，這個店他可出過一分半毛？」

「他吃的東西都開了買單，從我的份上扣除。」

「芸兒，不只這些，有些事還更有礙觀瞻。」妙玉頓了頓，才緩緩的說：「大白天裡，一屋子客人，妳卻和男人躲在小房間裡，一躲就是半小時，出來時偏又披頭散髮，滿眼春情，明眼人誰不清楚？雖說事情是關著房門做的，在這種情形下，其實也等於敞著門、衆目睽睽下做的。妳說這尷不尷尬？」

芸兒的臉紅到耳根，半天才問：

「丹莉說的？」

「不只她說。有時我坐店裡，也撞過幾回。好事的常客，不少人也會好奇的問東問西。實在是，不怎麼好看呢，性這回事，到底是越具私密性越好。」

「妳知道，方武男晚上不能來。」

「我當然知道。四、五年了，還是這種情形，妳不覺得難過，不覺得不值得？何苦妳要一直遷就他，任他予取予求，來去自如？」

芸兒不說話，妙玉因此又說：

「芸兒！所以妳和丹莉彼此都有看不順眼對方的地方，大家總要把眼光放在生意前途上，千萬別淪爲意氣之爭，否則還不如拆夥、關門算了。」

芸兒語塞，但到底意氣難平，可就在不知不覺間，漸漸也依著丹莉的作風學起來。首先是露背裝，一件件上身，連內衣也省了，即使天氣再冷，也是毛披風一捲，露出線織的洞洞裡那一身細皮嫩肉，到底是有了那味道的年齡，顧盼流轉，倒也平添了幾分風韻。隨著客人的注意，芸兒遂也歷練出一套應對的從容和慵懶之美，有時在應酬間，客人有意無意的毛手毛腳，竟也惹得她吃吃直笑，那些人受了鼓勵，也就更單刀直入了。

然而，每天周旋在那許多男人間，竟找不到一個可以互屬的人，有妻有子的，到頭來充其量也只是第二個方武男，她那裡還有那一份青春年華和熱情可以揮霍？三十歲，不上不下的年紀，女人到了這關頭，還能找什麼樣的男人？雖說婚姻不過是一男一女的事，但眞要有心碰它，卻又談何容易？

在生意上栽了一個大觔斗的方武男，車子賣掉，房子也抵押了，債務固然用還三成解決掉，但還留著些尾大不掉的身後折磨。爲了債，他躲過一陣子；後來還是芸兒標了兩個一萬、一個五千的會，湊了不下六十萬給他才擺平。如今，有時三、五千，有時兩、三萬，急迫時五、六百也來向她拿過，她可確確實實相信，他再也沒有能力去招惹別的女人了。

但是，每個月兩萬五千的死會錢，三萬塊的店租，還要不時為他周轉東、周轉西，這樣的代價馱在兩肩上，壓得人實在難喘大氣，一爿十二張檯面的小店，一個月能賺多少？還不是要她以會養會，焦頭爛額的東挪西借？

債務一多，心眼也就跟著多起來。一爿店再計較、再鑽營，能賺的終究有個限度。開源既然暫時到此為止，她便處處著眼在省幾個錢上。即連為了省下每個月五百塊的全勤獎金，她一會兒挑小姐服務不好，一會兒嫌人家不敬業，時間一到，說走就走……總之，不過尋個理由，扣剋人家獎金罷了。一個幫她做了好多年的小姐，因為年資深薪水高，也被她以「節省人力」給請走了。為了支應方武男的需求，李芸兒如今再也不是從前那渾噩自卑的小女子了。每當她站在吧檯內，小小一件露背裝上，襯的是半截酥胸和香肩，眼兒一瞟，風情裡透著精明，當眞不是昔日的苦瓜兒了。

她操的心多，有時又頗堅持，相形之下，丹莉就多一事不如省一事，少在這上頭頭疼。一爿店，苦心經營，竟成了這條街上和附近松江路、南京東路二段上，生意最好的餐飲小館。

電動玩具風行時，原來店裡擺了幾台純娛樂的：三百六十度、蜘蛛美人、鳳凰、大金鋼；招徠了不少下午的客人。五五對分，一個月下來，一檯也分得不少錢。後來，賭倍的賓果和金撲克一出現，生意好時，扣掉賠給客人的錢，一檯一天還可以賺上七、八百元，李芸兒一不做二不休，把這些已被客人打得純熟、五塊錢可以打上十分鐘的玩具檯全給攆走，只留下熱門的三百六十度，其餘全換上金撲克和吃錢如水的七張撲克檯，一時倒也生意興隆。

如今的方武男，為了錢，猶如喪家犬般惶惶不可終日，再也沒什麼桃色新聞讓她操心了。

沒有別的女人，他的老妻卻還穩如磐石的守在家裡，那份影響力，也仍舊將芸兒和他的關係罩得死死的，一步雷池也擅越不得。她依舊跟他吵，也不過是為了多留少留、來或不來的事。方武男現在的說辭換成是：

「妳放心，我若事業再搞起來，一定會對妳有所交代。可是，現在，一個生意失敗的男人，怎能娶姨太太，說出去不叫人笑死？而且我還要東山再起，誰願意支助一個私生活不好的男人？妳一定要耐心的等，讓他們認識妳的好處，將來水到渠成，承認的事，便變成理所當然了。」

他開始輪流帶他的三個子女到店裡來，為了博取他們的好感，她撇下客人，親自在吧檯裡弄東西招待那三個都二十上下的大孩子。「賢慧能幹的李阿姨」，無形中，她竟一步一步向他的妻看齊，為了博取那份令名，能做的，她幾乎都做了。

有一晚，店裡打烊了，她剛盥洗上床，突然接到方武男的電話，聲音很急迫：

「芸兒，妳能不能帶兩萬塊錢出來，我母親摔斷腿，住在許外科醫院，明早要動手術。」

「現在？」

「嗯，他們都回去了，只有我一個人在。」

「我不是說這個。這麼晚了一下子要這麼多錢……」

「沒辦法，一定要這麼多，這是保證金，保證金沒繳，醫院不肯開刀。無論如何，妳想個辦法。」

「為什麼不早說？我又不是那麼神通廣大。隨時要錢隨時有。」

芸兒忍不住抱怨，見方武男由著她說，也就算了，口氣一轉，說：

「好吧，你在醫院等我。」

她很快的穿戴好，按了二樓的門鈴。妙玉來應門，站在樓梯口一臉狐疑的望著她，她說了來意，妙玉很不以為然的挑著眉毛：

「現在？兩萬塊？做什麼，救火呀？」

芸兒一時說不出謊話，只有實話實說。妙玉冷冷一笑：

「我說還有誰？妳倒是真賢慧呀，連他家母親的醫藥費也要張羅，儼然是個孝順媳婦，只不知人家知道妳的孝心嗎？拿了錢又領不領情？有沒有把妳當自家人看？這個錢，我不想借。」

「妙玉，拜託一下。就算我跟妳借的，下個月五號，我標少華那個會還妳。」

「我當然知道是妳向我借的，難道方武男敢向我借，我肯借他？」妙玉擰身往樓上走，邊走邊數說：「妳何至於窮得連兩萬也要標會才還得起？妳加的會，每個都標死了，全拿給方家，一個月交那麼多死會錢，就是再開十家店也不夠支應。幫他周轉也就罷了，偏偏上次他老婆退票被關，妳還籌錢去贖她出來。要不是少華跟我說，我還不知道妳這麼賢慧呢。眞枉妳處處精明，對人人精打細算，逢到方武男，妳就蠢得比任何人都慘。」

芸兒亦步亦趨的跟到樓上客廳，一句也不回答。

「妳這樣挖心剖肝的對方家人，人家不嫌腥羶？我不相信他老婆不知道妳籌錢贖她的事，可是人家就有本事不甩妳，一個晚上也不把丈夫讓給妳，妳再賢慧再犧牲，有什麼用？」

「不是他老婆的關係。他現在找到一個出資人幫他東山再起，他不能讓人家覺得他荒唐，搞個姨太太。否則誰肯幫他？他現在可是從頭再來，一步也疏忽不得。」

「他、他、他！反正全是他的理由，妳等到白頭也枉然。而且，那有半夜三更才開口借錢的？眞太欺負人了！我不借！」

「妙玉，這兩天我先從店裡收入挪來還妳。」

「不行！芸兒，妳別再幹這種事了。上次丹莉就對我說，妳好幾次都把店裡收入拿去用，害得有人來收貨款收不到錢。」

「我都事先對她說了嘛，而且也都有借有還，她何必表面答應，背裡閒話一大堆？」

「妳這人，眼睛只看別人不是，不看看自己？每次借錢又都急如星火，她能不借呀？說眞的，合夥生意，這樣做的確不太好。」

芸兒低了頭，又問了一句：

「妙玉，妳到底肯不肯借？」

妙玉停半晌，終於不情不願的說：

「不借妳，妳大概又三更半夜沒命的奔走，我看不過去。不過，我手邊沒那麼多現款，我也不高興開支票給他，妳就拿六千塊去吧。其他的，叫他自己設法，這年頭，做孝子也要憑自己本事去做。」

芸兒知道多說無益，因此拿了六千元，道聲謝，轉身便走。

「妳去那？」

「去醫院。」

妙玉一聽，在身後放聲就罵：

「這男的可眞狠！半夜一點，他不怕妳一個人搭車怎樣？等一下——我叫小張送妳。」

「不要了，我一個人走。」

她下了樓，拉開鐵捲門，走到南京東路叫車子，直開向許外科。方武男正歪在病房椅上打盹，他母親睡在床上。

芸兒用手將方武男推醒，男人張開眼，見是她，忙把食指放在嘴上一比，一面要她噤聲，一面將她拉到病房外。

「別把媽吵醒。她打了止痛針，才睡不久。」

芸兒一言不發，把六千塊遞給他。

「太晚了，沒處拿錢，明天再想辦法。」

方武男接過鈔票，先目測一下，再用右手沾了口水，當著芸兒的面數起來。數完，皺一下眉，塞到褲子的後袋裡，憂心忡忡：

「明天一定要想辦法湊齊，保證金不繳，醫生不動刀。」

從見面到現在，方武男所談，不過一個「錢」字。自妙玉那兒受的氣、一個人半夜三更搭車子的擔心受怕，以及滿心要他表現溫存的期待落空，這下子全兜轉成一腔怨氣。芸兒忍不住就沒好氣的衝他：

「錢、錢、錢！找我就只為一個錢字，我也太不值得了。」

方武男一臉怪罪的看著她：

「每次向妳拿錢，妳就心疼。我難道不會還妳？也不過周轉一下，妳何必這樣蹧蹋我。」

「我不是心疼錢，我是心疼自己。開口閉口全是錢，怎不會問我錢怎麼來的，人又怎麼來的？千辛萬苦，所求也不過要人知道，要人體恤而已，那費得了你什麼？」

方武男聽她一說，恍然有悟，忙把口氣一轉：

「妳別生氣，我是急得心亂。」說著，將她肩頭一摟，繼續說軟話：「這麼晚了，眞難爲妳。將來我一定會補償妳的。」

「將來？多遙遠的事！眼前就不知道怎麼撐。」

「芸兒，妳怎麼這樣沒信心，告訴妳，現在有人支持，資金方面沒問題，我只要負責開發市場就好，這方面正是我的特長；而且最近又拿到英國廠的總代理，我們的希望很快就會實現了。」

「只怕你到時又推三阻四的。」

「唉呀，人心是肉做的，妳跟我這麼久，又這樣對我，我眞的會那麼沒良心？」

芸兒疲倦於這個主題的追逐，半天才轉口問他：

「上次你說心痛，結果又怎樣？」

「做了心導管檢查，醫生說最好是開刀。現在那有錢、有閒去開刀？」

「拖著也不行。」

「只要妳別再跟我鬧，自然就沒事。」

「又是我？怎不說你家那個？動不動就鬧自殺，偏偏都撿大家在的時候吃藥，分量又不肯多吃，怎死得了？」

方武男低著頭，好半天才說：

「她也夠苦了，十七歲跟我，二十五年來，過不了兩年好日子，她也沒多少怨言，自己悶著頭，上下兩班輪流到兩家旅社做服務生……什麼苦都吃，就是受不了我對她吼……」

芸兒聽他話裡多少恩情，心裡一翻，就要吃味。繼而回心一想，他若還惦念舊情，對她未必沒有好處，何苦在這節骨眼上顯出自己刻薄？因此只問：

「今天晚上——」

方武男很快接口：

「晚上我在這裡照顧我母親。」

一抬眼看到芸兒臉色不豫，又忙忙的解釋：

「她摔斷腿，走不得，又上了年紀，晚上要什麼，怎能留她一個人？」

芸兒深深點頭：秋子豈是省油的燈？她算準方武男不至置老母於不顧，才敢將他一人放單。人家千算萬算，計計得逞，她李芸兒還忙去計較什麼？

李芸兒自覺沒趣，也不多留，往外就走。方武男送到大門口，爲她叫了車，目送她上車離去。

車子在人車俱稀的街道疾行。芸兒望著窗外，只見街燈下罩著一層薄暈。明天，該是個好天氣吧。

多年來，見過方武男的那個晚上，照例要輾轉一夜。雖已習慣了相處的模式，卻仍無法保護自己免被細細碎碎的事實或感覺傷到。一顆心，任是怎麼往寬處去想，總有不平之處；意要抽身，又是這裡牽扯那裡廝纏的，叫人不能俐俐落落走得遠遠的。幾年來，總巴望著方武男的每一項諾言實現，一個時期等過一個時期，不知不覺就等過六年。關係一久，牽掛就多，想到自己付出的一切，就更不能甘甘心心，瀟瀟灑灑的走掉。或許，也是因缺少另一個男人的力量，足以牽引自己走出泥淖吧。

少華結婚的時候，她破例拋頭露面，去當伴娘。一方面也覺得既跟了方武男，要圖天長地久，終究躲不過別人，因此，是半存著要去公布這種關係的心態去的。散席時，孫老師將她留下：

「妳一直跟那人扯不清，誰敢找妳？這種事不能存著騎驢找馬的心態，妳一定得先和那人斷得清清楚楚，忍耐一時的寂寞，才會有新的機會。芸兒，三十了呀，這樣拖著，將來年紀大了，名分沒妳的、夫妻相守也沒妳的、兒女承歡更沒妳的，妳到底怎麼辦？」

忘記自己是怎麼回答的。回來時，在店裡的小木床上哭了一夜。下決心要了斷。不接他打來的電話，一通、兩通，一日、兩日，到第四日他人來時，她羞愧的發覺自己的心竟一片狂喜。而幾日來一直啃咬著自己不放的所謂決心，逼著她綳著臉，端了咖啡，和他坐到靠窗的座位上去，垂著眼皮，心中充塞那股要生離的淒艷和羅曼蒂克，竟至使聲音輕輕顫抖：

「我們不能再這樣繼續下去了。這幾天我一直在想這個問題……眞的，必須到此爲止，明天開始，你不要再來找我。」

眼眶裡浮漂的淚珠，在男人的手橫過桌面，蓋上她的時，逗留在眶緣上滾了滾，終於還是流了下來，好像把那片面的、薄冰似的決心也給溶化了。

這樣的決心下過幾次，維持最久的是一個多月，那次她幾乎是恩斷義絕的橫了心。原來，新客中有個姓莫的，看人的眼光中讓她覺得有點特別的，跳呀跳的，直跳到她心坎裡去。三十多的女人了，已很少有臉紅心跳的時候，那姓莫的眼光讓她平空倒退了好幾歲。那眞是鐵般的決心，連一向對她馬馬虎虎的方武男都慌了，連日不停的來，即使晚上不能陪她過，也拚了命留到他能留的最晚時刻。現在是他找她吵了，他把她櫃子裡的名片，一張張拿出來，逼著她問：

「是這傢伙？還是這個？」

舊日的情意固然也牽動著她的心絃，然而新歡的憧憬卻在她心海裡澎湃。她已不再年輕，必須把握這也許終身不再的機會。

拉鋸似的那個月過去，莫在某日傍晚，照例來店裡，坐他慣坐的位子。芸兒從小妹手裡接過咖啡，親自端到他桌上。他抬起頭，靦腆的朝她一笑，她側身坐到他對面去，循例寒暄：

「莫先生，今天來得早。」

「嗯嗯。」莫挪挪身子，似乎有點不安：「我和朋友有約。」

第六感告訴芸兒，她的準交往對象今天有點異樣。莫顯然沒有交談的意向，芸兒只好知趣的立起身子。說：

「您坐，我忙去。」

莫口中的朋友，原來是個纖秀的女子。不說別的，光「年齡」就夠芸兒高掛免戰牌了。

一場夢，就這樣無聲無息的結束。芸兒像鎩羽殘蝶，又落到她慣常停駐的花叢裡。日子，終於還是只能依舊擺盪著，她是徹底死心的嚥下一大口苦水。

然後，她唯一的希望，又重新回到對方武男的期待和爭取承認的努力上去。然而，畢竟意興是闌珊多了。

去了許外科的第二天，芸兒一早腫泡著兩眼起來，顧不得先開門，便急著打電話給少華，開口借錢。

少華不能例外的又數說她一陣，最後答應中午把錢帶來。有了著落，她才放心到市場去採購今天「特餐」的菜單，回來剛來得及讓掌廚師傅下廚。

接著丹莉便來了，一身的精力和嫵媚。她可眞佩服這小婦人，不管夜來如何，每日早來，都能神采飛揚的帶來一屋子的香馥。妙玉常誇丹莉是個眞正獨立的女子，不像她，「經濟獨立」而人格和生活，卻仍是舊社會裡奉男人如天的附生女蘿。

近十二點，少華抱著她十三個月大的女兒來了，一進門，芸兒便迎上前，將小傢伙攬到懷裡，顧不得孩子掙扎，邊親邊嚷：

「叫乾媽，叫乾媽！」

觸著孩子香香軟軟的肌膚，忍不住就叫人有股滿足的狂喜，少華望著她，半是憐惜半帶玩笑的說：

「你比我更該生小孩。」

少華如今富泰了，每逢人笑她往橫裡長，她就笑得篤篤定定：

「每天不是丈夫，就是孩子，不動腦筋，當然只有拚命長肉。」

有個男人遮風擋雨未始不好，但是，難道人生就只是日常三餐這般的缺乏想像力？偶然燈下回心一想，這樣過固然有點不甘心，然而，卻是道道地地的一夫一妻，落落實實的一家一業。

這幾年，藉口店忙，回去少了。母親兩眼已完全看不見，對她和方武男的事，從慘痛激憤到哀嘆無奈，最後，終至默然的接受。上回父親忌日回去時，母親突然拉住她，睜著那雙瞎了的兩眼，悄聲問道：

「阿芸，妳也學人家在避什麼孕嗎？」

還沒等她想好答辭，母親又說：

「妳不要傻了，現在不生一個，妳將來靠誰？再過兩年，就生不出來了。」

那一剎，她止不住淚流滿面，她哭年邁的母親，是如何從乍知女兒不正常情愛後的痛不欲生，轉變到如今的包容和一心只計較女兒的幸福而已。這漫長的心路歷程，一步一步走來，究竟讓老母親流了多少淚，以至雙眼盡瞎？斷過多少腸，以至心如死灰？

誰曾像她這樣不孝？爲了爭逐一己的私欲，爲了自己眼中看到的情愛，拋家棄母、獨自漂泊。她的淚，有時而流；母親的淚，卻豈有乾涸的時候？爲什麼，她直到人過三十才了解？直到一身罪孽才知覺？

午夜夢迴，抓著孤枕單被，她怎能不恨？

恨、吵、怨、鬧、離離合合，日子過久了，她畢竟也累了。儘管有時四處張羅幫方武男籌錢，心裡卻止不住沁出一絲絲恨和不甘；心灰意懶的時候更多，只是沒有勇氣對他，甚至對自己說「不」罷了。

接受一個人，有時竟是一種戒不掉的惡習。

妙玉終究也沒有結婚，她身邊從不缺男人，有的看來挺不錯的，妙玉卻有本事將人家數落得一無是處。有次和她最久的小張，喝醉酒對芸兒發牢騷，指著自己的鼻子恨恨的說：

「她，幾時把我當做男朋友看待？我只不過是滿足她性欲的工具罷了。」罵歸罵，小張依舊每晚到妙玉住處去，依舊大事小事的幫著妙玉張羅。人，究竟也是一物剋一物吧，有些人，天生就是別人的恆星，讓人由不得己的繞著他轉。

妙玉，很顯然的對婚姻不存幻想，對孩子沒有特別喜愛。她不相信世上還有能令她折服的男人，所以，她也不費心期待。能這樣簡單的活著倒也不錯。有夢，難免也有破碎的時候。

抱著人家的孩子，芸兒難免忍不住要想，自己和方武男的孩子，究竟會長成什麼樣子？興頭過去，又要勞駕自己提醒自己：報戶口、孩子的身分、教養、心理、經濟環境——，畢竟，秋子仍是名正言順的方家主婦，也仍是至今還容不了自己呀。

方武男母親出院後不久，正巧芸兒生日那天，他帶著長子和女兒到店裡來。一進門，做父親的便對兒子說：

「去找李阿姨拿銅板，玩大金鋼。」

芸兒拿了十個銅板給大男孩，又另拿十個給女孩，讓她去玩另一個檯子。打發掉兩個大孩子，這才坐到方武男身邊，瞅著他看了一陣，才幽幽的說：

「忘了吧，今天我生日。」

男人一拍腦袋，說：

「糟糕，忙得忘了。等下去隔壁訂個生日蛋糕，叫孩子們給妳慶生。」

說著，男人堅持去隔壁麵包店訂了個十二吋蛋糕，才又回座。

「今天怎麼出得來？」

「明天要帶兩個大的去看正在受訓的老三，告訴家裡那個，說到士林買明天帶去的東西，一溜就溜到這兒來了。」

讓人惦著，原該是安慰的事，不知怎的，卻教人高興不起來。怎麼輪到她的，全得「偷」？偷偷的聚、偷偷的分杯羹、偷偷的……平日倒也罷了，遇上節慶假日或什麼的，就特別讓人不能忍受。自己爲誰，有家歸不得？而那人卻偏偏是另一個家的一家之主，只有理所當然的聽任自己孤零零一個人，守住每逢假日就格外冷清的店……

「今天能待到幾點？」

方武男面有難色：

「恐怕馬上就得走。」

「明天，你也去？」

方武男點點頭。芸兒一顆心直往下落，生日，不過也罷，早知如此，來做什麼？還不如不知不覺，讓她以爲出不來就算了，也省得一顆心，上上下下的摜摔折騰……

情緒一低，忍不住就要掉淚，偏偏這時大男孩又不識相的在那邊喊了過來：

「爸，八點了，再不走就太晚。」

女孩子到底比較懂事，只靜靜坐一旁望著這邊。

方武男滿懷歉意的看著芸兒：

「抱歉，芸兒，過兩天再來看妳。」回頭對兩個孩子喊道：「快祝李阿姨生日快樂。」

「李阿姨生日快樂。」

芸兒勉強一笑，說：

「吃了蛋糕再走。只淋上字，該已好了，我去催。」

「不啦，晚了。妳自己慢慢吃。」

她站在那裡，目送著父子三人急匆匆的推門出去。

這就是，所謂「一個人想起自己的一天」的生日嗎？再大的日子，也抵不過天倫團聚的日子！

丹莉不知何時走過來，輕輕拍了拍她的肩，她咬著下脣直哆嗦，半天不敢開口。

門開處，蛋糕卻在這時捧了進來，只有十二吋，看來卻大得可以將人埋掉。芸兒一張口，「哇」的一聲哭了開來。

第七章

淡黃的直背木椅，一張張鋪上紅布罩海綿椅墊；原來光禿禿的桌面，也蓋上一塊紅、藍、紫相間的格子桌布。李芸兒赤腳站在椅上，手裡拿著寫了字的橘紅書面紙，一面往牆上貼，一面依著站在身後的方武男指點，左右上下的挪移著。

丹莉遠遠站在吧檯後，笑對隔著吧檯站著的妙玉說：

「妳瞧瞧，活像他是這裡的老闆。開口閉口都說：我打算如何如何。好像鈔票是他拿出來的，自己也不掂掂重量，碰上那芸兒，又傻得透了頂。」

妙玉撇撇嘴，接口說：

「近來好像來得很勤？」

「那當然，有吃有喝、有錢拿，還兼有女人可以溫存。」丹莉壓低聲音，說：

「芸兒最近直喊說要個孩子。」

「沒名沒分，又爲他負債累累，憑什麼懷孕？生孩子可不是高興生就生，難道不該爲孩子想想？」

「近來這裡的女客，好幾個懷了孕，看了叫人羨慕。又兼有人勸她趁早養個孩子，將來有靠，否則那方武男能給她什麼？妳不知道，芸兒心裡可慌得很，雖然嘴上說，方武男賺錢她就好了，心裡倒未必眞這樣想。說不定繼續這樣窮下去，還三、五天可以見上男人一面。萬一發了跡，可就難說。」

「妙玉，妳看！」芸兒站在地毯上，眉開眼笑向著這邊招手：「氣氛大不相同了吧？」

妙玉慢慢踱過去，說：

「我看是四不像。店裡擺了七、八檯電動玩具，不少是有金錢輸贏的撲克，玩這些的客人一定吵吵鬧鬧，妳卻又偏偏想賣酒，賣酒講究氣氛，做得起來嗎？而且，酒廊那能沒有小姐，這個錢妳又捨不得花。」

「做做看嘛，反正賣酒是晚上的事，不衝突。」

「妳也眞貪心，一家店，什麼都想包，天下錢怎麼可能都給妳一個人賺盡？這家小店，一個月給妳賺好幾萬，還不夠呀？我不信一個女人能用多少錢，妳怎麼缺錢缺那麼厲害？」

芸兒知道妙玉話中有話，故意不答。

丹莉走過來，用眼角瞟著方武男，說：

「方先生，要我是你，就不叫芸兒賣酒，賣酒可是難免要陪客人喝酒呀，你受得了嗎？」

方武男嘿嘿一笑，盯著丹莉的漂亮臉龐說：

「芸兒自己有分寸。何況有妳在，妳行。」

丹莉臉一偏，對芸兒說：

「差不多了，我要走啦。明天重新開幕，大家早點休息。」

她提著皮包，喊了一聲「拜」，便娉娉婷婷的出去。妙玉隨後也上樓去，不多逗留。

兩人一走，方武男便涎著臉湊近芸兒，芸兒笑著將他推開，扭身走進小斗室裡。

芸兒半歪在木板床上，揶揄他：

「你就知道做這個。有時說說話不也很好。」

「我不信妳不想，我是怕妳熬不住。」

「去你的。」

男人脫了衣服就要跨上去，芸兒眼尖，指著他下腹側一小道開刀的痕跡，臉一沉，質問他說：

「那是什麼？」

「一次心臟病住院，動的手術嘛。」

「心臟有毛病，怎會在這兒動刀？」芸兒狐疑的望著他：「而且前幾回我怎沒看到？」

「我怎知道？那是醫生的事。上回出院就有的疤，妳怎會沒看到？」

男人說著，便要動作。李芸兒伸手擋住，聲色俱厲的對他說：

「方武男，你不是動刀結紮吧？你老婆有了兩個兒子，你不讓我生，是不是？」

「嘖嘖，妳想到那裡去了？」男人一翻身，裸著下身躺在她旁邊：「要避孕的可是妳。現在，妳如果要孩子，我就讓妳懷孕。」

芸兒默默想了一下，說：

「你眞的沒騙我？你如果不得我同意，私自去結紮，你看我會不會再理你。搞清楚，我是絕對認眞的。」

「好啦，好啦，我證明給你看。這時候講這些，眞殺風景。」

完事之後，男人匆匆穿上褲子，芸兒平躺著，身上蓋了條毛巾被，半晌開口說：

「如果有了孩子怎麼辦？」

「妳看妳，最近一直吵著要，害我賣力得要命。現在卻又在這兒瞎操心，這樣反反覆覆，誰受得了。」

「生孩子又不是那麼單純的事。想想我們的關係，上次你開刀，我只能在這裡乾著急，連探頭也不敢。你家裡那個，成天守在醫院，我能去嗎？說起來就一肚子嘔，都快八年了，她還不承認，偏偏我的錢她要拿，我送的生日蛋糕，她也吃，就是不承認我這個人，多嘔！孩子生下來，怎麼辦？你敢認養嗎？」

「有了再說。要嘛，就別生。」

「你就只會站在自己的立場講話，爲我想過沒有？」

「妳看妳，好好的又要吵！什麼都依妳，妳還要怎樣？」

「什麼都依我，怎會有今天？」芸兒聲音低了下去，眼眶不自覺就紅起來。

「別想那麼多，事到臨頭再想辦法。好不好？」方武男低頭吻她一下，旋即站起來，說：「我該走了，出來大半天，告訴她說到桃園去談生意，也該回去了。」

芸兒坐了起來，問：

「什麼時候你才不用騙，可以大大方方的告訴她說，到我這兒來了？」

方武男不答，開了房門走出去。芸兒望著他的背影喊：

「什麼時候再來？」

「有空就來。」

她聽著鐵門捲起又拉下的聲音，一剎時，全屋子突然靜了下來。這才發現，時間已經很晚了。

改裝後的「蜜蜜屋」，又讓人多擺兩檯撲克，店裡頓時熱鬧起來，從前不怎麼做得起來的下午生意，這時可是天天保持六、七成座，又賣飲料，又抽撲克投下的硬幣，營業額一個月平添好幾萬。芸兒滿眼只見到錢，處心積慮還要加兩檯撲克：

「妳算算，撲克吃錢像吃水似的，又不花我們什麼人，不用特別照顧，只要兌幣就好，中獎機率都調得好好的，人怎比得上機器？一個月對分下來，一檯可以賺好多，勝似我們一份餐一份餐的賣，三菜一湯，還得附飲料，算算看一客賺不上十塊錢，還累得半死。丹莉……」

「芸兒，我知道妳為方武男缺錢缺得厲害，不、不，不用否認，聽我說完。正統老實的做，生意才長久，妳總不能把這家店搞得像電動玩具店，上次妳撤掉娛樂檯，換上撲克，我不講話。但現在只剩三、四張純桌面，怎麼像咖啡店？近來生意雖大好，氣氛卻差多了，妳注意到沒，從前一些常客，現在都不來了。再下去，我們也不用賣咖啡、飲料，只要擺電動玩具就好，現在九個檯子，不能再擺下去了。」

「那些吃餐的客人，不值得我們爭取，妳算算利潤……」

「這樣的利潤，我已經非常滿意。如果妳堅持己見，我們就拆夥。」

芸兒總算噤口不語，不說她欠丹莉的二十萬，拆夥退股，怕不還得拆給丹莉五十萬上下，若叫她讓股，她可捨不得，好歹總是個生財店面。

晚上的賣酒生意，卻一直沒有起色。芸兒沒酒量，丹莉酒量不錯，卻不肯「犧牲」，她的理由是，犯不著爲幾個錢賠上身體。勉強撐了幾個月，也就不了了之。

方武男的生意照舊浮浮沉沉，忙是挺忙，套句他的話，仍在「開發時期」。芸兒的店地點好，聯絡方便，洽談時又用不著他花錢，客人一帶就帶到「蜜蜜屋」，對外說起來還是「他的」店，談生意，這樣的「背景」是雄厚多了。漸漸許多客戶，電話直接打到「蜜蜜屋」找方武男；他自己更有事沒事，一壺烏龍茶，就耗在「蜜蜜屋」半天，儼然他的辦公地點似的。

經常看得到方武男，芸兒有一陣子根本沒理由和他吵。名分嘛，男人沒賺夠錢之前，那裡去談這個？芸兒聽進了妙玉的話，可是一心一意的想多賺點，還淸欠債，再存錢爲自己買個房子，都三十好幾了，像現在這樣一天工作十八個小時，還能熬幾年。

近來老覺得累，好幾天鬧鐘響了，又被她順手給按下去，結果都是九點上班的小妹按電鈴吵醒她。總不會是老了吧？從前再累，瞌睡也不打一個；現在每天中午不小睡半個小時，簡直就撐不下去。人見老，難道是一時一刻突然發生的？

這天，買好菜回來，妙玉赫然坐在店裡吃早餐。芸兒挨到她座前，對向而坐，苦著臉說：

「這幾天好累，老覺得睡不夠，而且一直沒胃口，什麼都不想吃，可能是工作太累了，我考慮晚上要早點打烊，反正也賺不了幾個錢。」

「沒見人像妳這樣愛錢的，拚死命的賺，卻沒見妳存什麼錢。」

「我是在實踐妳教的『經濟自主』理論。」

「經濟自主，並不代表生活獨立。」妙玉咬一口土司，說：「只怕妳現在更離不開方武男了。」

芸兒不答，只拿起刀叉，在妙玉盤裡叉起一塊煎蛋白往嘴裡送，還沒吞下去，突然「嘔」的一聲，摀著嘴往後面洗手間跑。

妙玉聽著她在後面驚天動地的嘔。過了會，芸兒白著臉回到座位。妙玉拿著咖啡杯，欲喝不喝，終於問道：

「妳不是懷孕吧？」

芸兒看她一眼，搖搖頭：

「不知道，慢了二十多天。」

妙玉啜了好幾口咖啡，才說：

「找個時間去檢查看看。人累，又開始嘔吐，只怕是真有了。」

芸兒又嘔了好幾天，直拖到一星期後才去婦產科。在病歷表上配偶欄裡，自自然然填上方武男的名字。

驗完尿，醫生又替她內診，然後職業性的向她道喜：

「恭喜了，方太太，妳的預產期是一月二十七日。」

從醫院回去，芸兒馬上把緊緊的窄裙脫掉，找出沒腰身的露背洋裝換上，喜孜孜就一心等著方武男。

丹莉冷眼看得清清楚楚，逮到客人少時，對芸兒說：

「芸兒，我們大概要加請一個人了。」

芸兒一笑，隨即又愁眉苦臉用手帕摀著嘴。

「我看妳害喜很嚴重，前三個月都這個樣子，第四個月，肚子就挺出來了，那時，更不方便在店裡招呼客人。生產、做月子……這些事拉拉雜雜加起來，我大概有一年時間要獨撐大局。這個事小，問題在妳，小孩生下來，以後怎麼辦？」丹莉考慮一下，終於還是避重就輕的閃掉「私生子」這敏感話題，只說：「給人帶，既心疼又不放心，每月還得花一筆錢，妳現在已經這麼緊了，到時開銷更大。」

「那妳是什麼意思?叫我去拿掉？」芸兒尖著聲音質問。

丹莉見她臉色發青，沒趣的回說：

「我那有權利?我不過站在朋友和合夥人的立場提醒妳罷了。」

芸兒嘆口氣，軟弱的說：

「眞矛盾，既想要，又不敢要。妳知道，問題好多，孩子懂事以後更麻煩。」

丹莉剛被搶白，不肯接腔，芸兒追著問：

「丹莉，妳老實告訴我，到底生好還是不生？」

「看妳自己呀。」丹莉無趣的回答。

「我好想要一個孩子，一個屬於自己的孩子。妳不知道，我一直覺得好孤單。」

丹莉看到芸兒眼裡的淚光，不覺拍拍她的手，溫柔的說：「芸兒，有個寧馨兒是很美的事。但是，需要很大的勇氣和犧牲，而勇氣和犧牲，有時也不一定能給孩子幸福。仔細考慮，仔細考慮後再決定，嗯？」

如何仔細考慮？再怎樣也突不出這個圈圈。能欣喜的接受別人祝賀，驕傲的挺著肚子等待生產的婦女，是多麼幸福呵。這原是天經地義、最最平常的權利，爲什麼她不能呢？

和方武男談起這事，他臉上的表情，儘是含糊。問他主意，更是語焉不詳。逼急了，才溫呑呑的說：

「我是隨妳的意思。」停半天，才又艱難的說：「當然，我們現在比較不方便，很多事都沒準備好。」

「怎樣才算準備好？什麼時候才會準備好？」

芸兒坐在對座問他，涼颼颼一身泡在冷水裡。老實說，她也不指望他能回答，那樣說，誰不知是閃爍？人生的種種，豈有好整以暇都等著妳準備好才發生的？

方武男果然不肯回答，拿著小匙顧自搗著半杯咖啡；芸兒看著他，曾經傷過她千百遍的那種情緒，此刻又熟悉的襲上心坎。皺了眉，把眼前牛奶一飲而盡。杯子還來不及放下，一陣急嘔，又逼得她捧著胃、掩了口，急往後面洗手間衝。俯在洗臉槽裡，把剛下喉的牛奶，全嘔得精光，卻還饒不得人似的，胃裡一陣陣翻騰，又咳又嘔，幾乎要把所有的胃液都嘔盡，嘔到後來，芸兒只剩趴在槽上掉淚的份。

只要店門一天不關，她就得如此忍受生魚、生肉和種種說不出的、難以忍受的油煙味，三兩天就要吃掉五十塊錢酸得叫人冒汗的梅子，即使這樣千般設法，有時連報紙的味道，都會教她一口將好不容易才吞下的牛奶又和盤托出；胃裡經常空著，有時冷不防就一陣抽搐，抽得教人只能屈身俯臥，頻頻掉淚。

而必得趁著不痛不嘔的空檔，拿支筆就著紙頭東算西算，算得焦頭爛額，卻越算越灰心，好像走到一個死胡同裡，完完全全的絕路上去。還不完的爛帳，可怕的孤軍奮鬥。

多少長夜，她躺在全然淒黑的斗室裡，與清醒鬥爭。這會兒，雖然面對著淒清和孤寂，但到底勝似白日裡的強顏歡笑。只是，此時不能睡，明日又如何能在人來人往的店裡，做個歡眉笑眼的老闆娘？餐飲之外，服務和情趣，才是在這一帶競爭激烈的同行裡一決勝負的要件。說起來，生意是難做透了，一客餐九十元，飯菜加咖啡，花樣變來變去，誰又能好到那裡？「人」，往往就成爲生意好壞的關鍵。爲了這，芸兒眞是大門不邁，二門不出，堅守著小店。

這是完完全全的苦心生意，那裡由得了自己？

算算是門診後的五十多天了，芸兒選了個下午生意清淡的時候去醫院。在候診室裡，滿滿坐著腹部或大或小的孕婦，不少人，由先生陪著聊天，更多人，相互問著彼此有幾個月身孕了？看起來都眉開眼笑的樣子，到底，這叫「有喜」呀。護士叫到芸兒的名字，她捏緊皮包，走進門診室。應診床上還躺著掛前一號的孕婦，正裸著肚皮在測胎音，透過儀器，腹內那小小人兒的心跳聲聽來那樣眞切，那樣宏亮，像一聲聲在叫著：「媽媽，媽媽，我在這兒。」

芸兒坐在椅上，兀自在爲剛聽到的胎音而驚喜不止。醫生看了她的病歷，抬頭問她：

「怎麼樣，有什麼問題？」

芸兒遲疑著，終於不太確定的說：

「我想動手術。」

醫生停了下，抬頭看她：

「妳是說，要拿掉？」

「嗯。」

「三十三歲，有孩子應該是喜事，再晚就不太好生。我希望妳慎重考慮一下。」

芸兒沉吟著：

「做生意，懷孕不方便。」

「有什麼事比生小孩更重要？」醫生將病歷表一推，說：「夠用就好，有許多事比賺錢更有意義。」

芸兒不知該怎麼答腔，醫生看著她，誠懇的說：

「妳再回去考慮一下，不急著今天決定。過了三十歲，受孕率慢慢降低，多少人想要小孩還要不到，妳再仔細考慮考慮，和先生商量一下。」

芸兒走出醫院大門，只見白花花一大片陽光，照得人睜不開雙眼。

禮拜天，生意照例清淡。晚上打烊，和妙玉對坐在孤燈下喝啤酒。

妙玉酒量好，拿起杯子一飲而盡，說：

「按理講，孕婦不好喝酒，尤其是前三個月。」

芸兒不覺笑她。

「理論！妳又沒生過。」

「那當然，不過，與自己有關的事不可不知：對自己沒好處的，要懂得早點抽身。」

芸兒早已習慣了妙玉點到爲止的談話，沒心情接腔。想了半天才說：

「妙玉，這幾天我見紅，不知道是不是胎兒怎樣了？」

「多不多？」

「還好。」

「痛嗎？」

「腰有點痠。」

「大概有問題，恐怕得去看醫生。方武男呢，怎麼說？」

「他這兩個禮拜都忙，明天去高雄台南，回來還得去趟東部，不知要耗多少天。等他空了才能陪我去醫院。」

「看病也能等的呀？到底是妳的命重要，還是他那不成氣候的生意？」

「也不是什麼大病，非此時此刻去不可。」

「流不流產，還由得了妳，還能等的？妳這女人！」

「做這生意也是，不能光坐著，跑來跑去、高高低低的。前些天，爲了加兩張檯子，我爬到倉庫去搬，大概動了胎氣。」

「方武男呢？他會向妳拿錢，店裡的事，妳的事，他怎麼不管？按理粗重工作他該替妳做。不是嗎？」

「他又不在。」

「每次妳需要他時，他都在什麼地方？只有要錢的時候來，如果有一天妳給不出錢了，他來不來？」

「也不盡然像妳說的這樣。」

妙玉橫她一眼，換了口氣：

「明天一定要去看醫生，安胎或拿掉，都要速戰速決。拖太久了，對妳，對胎兒，都沒好處。」

見芸兒低頭不語，妙玉又說：

「我看妳要自己拿主意，不能盡等方武男。這種事，他無論如何不會替妳做主的，怎麼說怎麼錯。」

任由它出了幾天微血，等方武男拎著行李從高雄回來，芸兒便對他說：

「晚上陪我去醫院看一看，恐怕得住院安胎，流了不少血。」

「晚上不行，要趕回去，家裡那個過生日。去年她生日我沒回去，又吃藥又喝酒，送到急診室去灌腸，鬧翻了天。前幾天，我走前還特別吩咐……」

芸兒睨著他，兩眼直直的，直看得方武男心頭發毛，說話也不是，不說也不是；想伸手摸她，看見她的神色，又不敢造次。芸兒深深的看著這她跟了十年，態度始終閃閃爍爍的男人，一字一句的說：

「你好好回去伺候她，一心一意做你的好丈夫，好爸爸吧。」

說完，也不等他回話，推開椅子，走了開去。一個人關在斗室裡，任方武男怎麼叫都不應門。

出來時，方武男早走了，留了張紙條交丹莉轉給她。

她在燭光下，讀著紙條上閃閃爍爍的字，似乎沒有讀眞切，又似乎沒有意會過來，一遍接著一遍，才就著燭光，點燃紙條。丹莉站在她身旁，兩個人一起看著沾了火舌的紙條，先是慢慢、繼而飛快的燃燒起來，燃燒過的黑灰掉落桌面，跌碎在玻璃墊上。

「又是怎麼了？」推門進來的妙玉，看到這一幕，拉開嗓門邊走邊問。

芸兒轉頭向她，平靜的問：

「妙玉，等會陪我去醫院好嗎？」

妙玉站到她面前，先看玻璃桌面上的灰燼，半天，再抬頭望向燭影中的芸兒。芸兒像座薄牆，冷冷、尖削的立著，燭光搖搖曳曳，在她青白的臉上，製造出明滅閃爍的光影。

妙玉低下頭，用手指去撥弄燒過的灰燼，把原來跌碎的，弄得更支離破碎。又拿手指劃過桌面，留下幾條痕跡。這才抬頭望芸兒，問道：

「決定了？」

芸兒不語，只用眼光答覆她。

妙玉皮包一拎，一言不發的從芸兒身邊走過。

芸兒站在原地，眼光隨著妙玉，望向那通往二樓的唯一走道。

「蜜蜜屋」的夜，恆常是冷寂的。

附錄

「不歸路」之探討

轉載自《大華晚報》七十三年五月十七～十八日

道德與理性之外

康來新

衛道者可以很輕易地替李芸兒、方武男定罪：什麼妨害他人家庭，什麼姦騙未婚女子，什麼萬惡淫爲首，……而理性的人更可以認爲李芸兒愚不可及且嗤之以鼻一番。

但做爲一個眞誠的寫作人，衆生芸芸，人海茫茫，浮沉其間，又豈是三言兩語的教條可以裁奪的？尤其涉及到男女之間的用情，其微妙棘手之不可解，到最後似乎只有歸諸於一個「命」字了。

如果眞的認命倒也罷了，偏偏這其中還有個人的不甘心，不放棄的種種掙扎困頓，加上時代與習俗的種種拘束與壓力，若在以前，且先不論尋死覓活或是剃度出家的了斷，以李芸兒的情形，大可以「妾」的姿態，「名正言順」地與方妻共事一夫，最起碼，子嗣可以享有應得的權益，也免了私生子的厄運，無怪當初「一夫多妻」的贊助者能夠搬出一大套「安和樂利」的理由，頗是振振有詞。

而廖輝英在「不歸路」中所處理的又遠遠超過了教條、傳統與理性之外。處於新舊交替的社會裡，人心最大的苦悶莫過於無所適從吧！失卻了所以安身立命的標準，答案雖多，反而茫然不知所措。

李芸兒的母親是上一代的典型，少艾守寡，卻能含辛茹苦，心無旁騖，如此簡素的心境與歲月，遂延續夫家完整的命脈。

洪妙玉和丹莉呢？一個未婚，一個離婚，卻很能掌握獨身之樂，所謂時下流行的「快樂單身女郎」是也：閨中的男性密友不斷，事業有成經濟獨立，能夠擺脫道德的壓力，無睹傳統的教條。在開放的時代潮流裡，她們是兩股推助的波瀾。

相形之下，李芸兒成了新舊夾縫裡的傷痕人物，從命名的婉約而古老，便讓人聯想到紅樓夢的「平兒」、金瓶梅的「李瓶兒」，甚至「浮生六記」的「芸娘」，她們雖有傷楚，在那個時代卻是理之可解；至於個性被動乖順，沒有自覺性的李芸兒，是合該受庇於「父母之命，媒妁之言」的，如此被安排的婚姻，夫妻間容或缺乏靈犀相通、激情迸擊的大驚喜、大歡樂，卻也可以在尋常的生活中相守相持下去。然而書中的李芸兒卻是面臨一個時時備戰的工商社會，更不巧的是：這樣的李芸兒還和「狼虎」爲鄰，她一跤跌進方武男所部署的陷阱裡，翻身的機會其實還是有的（不錯，在某種形式上李芸兒到後來似已翻身，只是她的靈魂卻一輩子再也不能自由了），但終是「情」無反顧，踏上一條不歸之路，李芸兒不可解的癡頑，或者正是作者廖輝英瞭然於「情（欲？）不自禁」「情（欲？）不能已」的一份無奈吧！

原則上，我相信所有的寫作人都更具有矜憫眾生的大悲懷，但訴諸於筆端的風格卻有軟有硬，有熱淚有冷笑，有循循善誘，有當頭棒喝，其擅長自是因人而異，以廖輝英的寫作為例，她的廣告商場生涯似乎要多過她中文系的教育背景。廖輝英的一支筆具有商場的犀利簡潔，對於時代中職業婦女的感情出路尤其一針見血，就這一點看，她的路線偏向冷硬明快堅實，在當今女性小說作者中自是獨樹一幟。（看不見仿張愛玲式的俏皮佻㒓，擺脫古詩詞的空靈與閨閣體的迂迴婉轉），然而從一個比較純粹藝術的角度去檢視，廖輝英的作品往往欠缺一份藝術的精心營造，她比較常用的是反諷（以「命名」來說，方武男是不方不武不男，洪「妙玉」則迥異於紅樓夢中有潔癖的道姑「妙玉」，「蜜蜜」屋的夜，恆常是「冷寂的」），至於隱喻、象徵，以及氛圍的醞釀，好像不是廖輝英想要特別關注的。如此的寫作，會不會使廖輝英的作品富於時代性，卻疏於藝術性呢？再從一個比較理想的精神層面去看，廖輝英筆下的人物多是受制於欲情與物質的血肉凡軀，鮮少出現有情操有意境的宗教性提升或救贖的人物。（「不歸路」中比較超越的是張少華：能擔荷，能觀照；有所為，有所不為；是粥粥群雌裡的一道清流。）

對於方武男，似乎不能不提。但此處不想落井下石，再打落水狗，重複數說他種種可鄙可憐的醜態；只想說：一方面，他以已婚之身卻四處招惹未婚女子，心存苟且，貪得無厭，行爲自私，就是打入「萬惡爲首」的「淫徒」之列，但另一方面呢？他始終顧念家小（至少在形式上保全了一個家庭），尤其在祭祖掃墓時的一派虔敬，在供養老母上的不敢怠慢，又儼然是「百善爲先」的孝子模樣。

面對這樣的一個方武男，又該怎樣定奪呢？

方武男的爲人子、爲人夫、爲人父，乃至於爲一介塵俗市井男子，其人其事的評價應該不僅止於道德教條吧！正如同李芸兒，李芸兒以其爲專上程度的職業女性，置身於大都會之中，卻始終只能糾葛於方武男侷促的情結欲網之中，她這一趟不歸之旅的得失計較，顯然又是另一個理性之外的問題了。

漫漫長路

大方

「她第一次覺得，一條路走到這裡，再也回不了頭，是他帶她上賓館的那一天。」

縱然作者一開頭就給了女主角李芸兒編派了一路錯到底的不歸路，然則歷經十年的煎熬和處處落空的期盼所引發的絕望後，終不免在全書戛然終止前，叫她回了頭。

讀者看到這裡，也才從聲聲太息中，如釋重負喘過一口氣來。然而，一個純潔的廿四歲女子早已遠颺，十年的青春早已葬送。葬送在一次錯誤的估計中，葬送在不肯就此認輸的情境中而終至全盤皆輸。

「不歸路」實在是一本值得年輕女孩一讀的書，讓所有年輕且涉世未深的女孩知道，危險的感情遊戲，或者說，性的遊戲，是不容人輕易一試的，總會為自己一時失察，付出慘痛教訓。

李芸兒以一個從來沒談過戀愛的清純女孩，又生長在少有人疼惜的環境中，不免爲進入中年，已開始發福的方武男幾句體貼話，挑動情弦。可是在第一次的郊遊就半推半就的失身，事後又因爲想找他理論而再度於賓館獻身，以及其後的無數次，眞是應了李芸兒自己說的「犯賤」。

但是，作者把李芸兒對方武男的癡迷一扯十年，在我個人認爲不夠說服力。從李芸兒的叙事觀點，我們看到的是男主角「多而鬆塌的一身肉」，「幾乎可以說是醜陋的男人」，至於他的教育水準，作者始終沒有正式透露過，就連洪妙玉問的一句「他初中畢業沒？」也沒有得到女主角的答覆。對這樣一個顯然不具備外表和內在吸引力的男人，竟會因爲他偶爾的幾句溫言軟語（但絕大多數時候是惡言相向，甚至是時時詬詈、辱罵，甚至動拳腳），使得專科畢業的主角作無盡的精神、肉體和金錢奉獻，實在欠缺說服力。

如果說，李芸兒需要的是性的滿足，似乎又太牽強，匆匆半小時的辦事，哪來的浪漫？哪來的滿足？

何況，屢有類似的場景：

「方武男跨下床，橫眉豎目的嚷：『我要負什麼責任？是我逼妳的，求妳的？妳別鬧笑話了，又不是未成年的人，要我負什麼責任？』」

方武男在全書裡是個可惡復可恨的男人，這話卻說的是事實。李芸兒的「心甘情願」奉獻中卻又屢有不甘，分明就是意志不堅的自毀前程，十年的青春葬送實是怨不得人的。所謂命運也者，無非是個性的整體現身，證之於此，誠然。

書中對方武男的妻子——秋子的著墨不多，可是眞讓人覺得這堅硬如鐵、挺立如山的女人爲了維護一個婚姻的軀殼，承載了多少悲痛、多少負荷，眞眞是一個傳統且認命的中國女子。

人生是一條漫漫長路，途中難免有荆棘險阻，是否能免於踉蹌躓跌，端看你是否踏出穩健的每一步。

軟柔不幸

王保珍

這篇小說，以女性生活經驗爲主要內容，藉著一個在新風氣與舊思想下未婚女子與已婚男人的畸戀故事，來探討當前某一層面人士的婚姻與愛情。

首先我想聲明，成長在五〇年代的女性實在太幸運，當女孩子少，男士又專一多情，一般女孩當有許多男士愛慕追求，她們選定了對象，結婚生子，十年、廿年、卅年一直愛下去。不像現在男孩子少，許多女孩子虛度青春，乏人問津，「不歸路」一書中的女人生活得好不卑怯可憐。

故事中的女主角李芸兒二十四歲還沒有嘗試戀愛的滋味，她心儀的「小郭」並沒有注意到她。由於寂寞無聊，迷迷糊糊搭同巷中年男子便車上下班，後來同去郊遊，莫名其妙地失去了引以自傲的清白之身。而男方已婚，與高大的妻子、兩個男孩就在她家巷子裡出出進進，無視於她的存在。她又嫉又恨，並感到與那樣一個醜陋的中年漢子同床共枕品味太低，卻又對他朝思暮想，當方武男躲她時，她更感到「咫尺天涯」的殘酷與「被棄」的羞辱和不甘。

羞辱與不甘的情緒，我以爲是舊思想下的產品。方武男是芸兒的第一個男人，她有向他託付終身的傳統願望。她要他負責任，她乞討溫存，寧做情婦或望做二號夫人。她保守的母親又鬧到方家去討回糟蹋了她女兒清白的公道，卻不知自己女兒犯了妨害家庭罪。果眞守著傳統的「女訓」，芸兒當「守身如玉」，不搭便車，不惹下這種糗事。

如果芸兒是個性格「新潮」的女性，敢作敢當，既然甘心與方武男上了床，下床之後也應不談誰欠誰的。有興趣是一回事，無興趣各走各的路，即使生下私生子，也有種獨自撫養。方武男是個不負責任、貪欲懦弱的男人，像這種男人要甩掉都來不及（作者也藉洪妙玉與張少華的口，貶得他不值幾文），眞不知有那點兒值得去爭取。而癡愚的芸兒竟哭哭啼啼向他乞討一點溫存與憐愛。一次又一次被冷落，被欺騙，甚至打罵，她仍不死心斷念，丟不開他。作者常用「軟趴趴」來形容她，六年忍辱的孽戀，傷透了她母親的心，哭瞎了母親的眼，作者這一段寫得很動人。她「爲了爭逐一己的私欲，爲了自己眼中看到的情愛……」

我以爲男女主角之間只有人欲，似乎還談不上愛情。如果有愛情存在，也許將更痛苦無奈，但事情的發展會如此卑劣，至少有美感。作者寫得好：

「接受一個人，有時竟是一種戒不掉的惡習。」

故事中另一對角色，收點反襯之效的是小張與妙玉。妙玉較有頭腦，但對婚姻不存幻想，對小張也只有欲而無情。我不知道這種「無情的男歡女愛」是否是當代普遍的現象，作者著意的又敘又論，可是要引起大家嚴重的關切？

這個故事使我聯想到美國作家霍桑的「紅字」。女主角愛上了一個教士，他領有神職，不得有男女之欲，而他犯了戒規，播下了愛的種子。當女主角的私生子出生之後，被審問，要她供出孩子的父親。教士是智慧與純潔的象徵，是當地人崇拜的偶像，她不想帶給他一絲損傷，而堅持緘默，寧可被罰在胸前的衣服上綴上一個（姦淫標幟）紅Ａ字。而教士也因太多的不得已，不能公開承認，積壓內心的痛苦在胸前形成一個肉眼看不見的紅Ａ字。他們彼此甘心爲對方犧牲受苦，而不求取，二人之間有深摯的愛情，不僅是肉慾而已。

不歸路書中的人物似乎只有張少華生活較正常，方武男是虛僞的，芸兒、妙玉、小張、丹莉都生活在殘缺之中，他們今天不知明天的事。彷彿生活的重心都沒有，他們似乎都沒有攀緣到愛情的眞實，個性軟弱，耐不住寂寞，隨著本能的欲望驅遣而已。

全書文筆不算很純熟，但常常出現佳句或深切的片段，例如：

「……不知不覺就等了六年，……或許是因爲缺少了一個男人的力量足以牽引自己走出泥淖吧？」

「她羞愧地發覺自己的心竟一片狂喜，……竟至使聲音輕輕顫抖。」

芸兒最後慘然地請妙玉陪她到醫院去。這個可憐無助的女人，所幸還有兩個好朋友，少華與妙玉，十年來她們不斷地給予規勸、安慰與幫助。這份友誼，似乎是作者在婚姻與愛情兩項上打了問號之後，所作的唯一肯定的表示。

一個傳統好女子的流落

曾昭旭

若就傳統的標準來說，「不歸路」裡的李芸兒其實是一個好女人，她的悲劇只是生錯了時代，而流落在今天這個不相宜的人世罷了！

原來在傳統的社會結構裡，婦女本來就沒有獨立的人格與社會地位可言；她能得以生活以及生活得幸福與否，全要看她是否有所託以及是否所託得人而定。所以在那樣的社會結構裡，當然要灌輸婦女一種柔順服從的觀念，以及訓練她們符合諸如婦德婦言婦容婦功等軌範，以協助她們順利成功地納入社會。當然，社會如此教育了廣大的婦女們，社會是要負責的。而負責之道就是保證每一位接受社會的約制而訓練合格的婦女，都一定能找到合適的婆家，有一個可堪依託的男人。

——當然相對的男人們也有他們的一套規範，如上進、忠誠、負責、勇毅等等，這樣也才能通過社會的選擇，而娶得到溫良貞靜的好妻子。

兩千年來，中國的婦女就如此死心塌地去努力做好自己女人的本分，也大致來說獲得了她們應有的酬報。然而來到今日這個舊禮崩壞的世代，她們一方面還是照舊的規矩去生活；可是另一方面，這個社會卻不再爲她們的溫良貞靜負責了——不再負責給她們一個男人，而全要靠女人們自己打算。於是這些謙遜自守，不曉得如何新潮開放的女人們徬徨了。基於根深柢固的傳統觀念，她是一定要投靠一個男人的；那麼，既然她不能循著合理的軌道如明媒正娶去得到她應得的一份，她便只好委曲求全地找尋任何可能的隙縫，去求一容身之地了。於是所謂情婦、所謂午妻、所謂畸戀，便日益增多，既然性命交關，又那裡還管得著他是否已有家室，自己這樣做是否會傷害到另一個女人呢？乃至連這樣對自己是否果屬有利都無法考慮了，眼前能託身得一天，就算一天罷！

「不歸路」裡的李芸兒，依我看便正是如此一類女人的典型抽樣。她色貌雖不出衆，心地其實善良。當被逼與方太太面對面去爭那個男人的時候，她心裡其實是極難過的，但有什麼辦法呢？方武男再混帳也畢竟是個男人，你若不等他，難道有把握再找到別人？驚鴻一瞥的莫某人，也不過是再一次證明芸兒心中的妄想罷了——然則再怎樣被方武男負心作賤，還不是只好死心塌地等下去嗎？這是一種如何委屈可憐的堅貞啊！

其實，生當今世的女子本來是有一條好路可去的。只要她們眞切憬悟到往日的社會結構已不再，往日的生活規範已無效，而不要再盲目執著的話，她們原可以知道人格的獨立自覺是今日女性的必然之路。沒有男人就不能活了嗎？雖則男女相愛，共偕白頭的確是人間應有的理想，但那裡是如此委屈的形態呢？如此委屈之有，怕更不如沒有罷！人能自立，然後能眞實地與人相愛。讀罷李芸兒的悲劇，想到今日女子的命運，我們該當有如何的憬悟啊！

我們世代清白

康芸微

我第一次看廖輝英的小說是「油蔴菜籽」，以爲她是新人，很驚訝她一出道就寫得這麼好！我因爲非常喜歡油蔴菜籽，就介紹辦公室的女同事們看，她們都不懂文藝，看報紙只看社會新聞與家庭版。我告訴他們好的不得了，非看不可，她們看了也都很喜歡，因爲油蔴菜籽寫的是中國傳統女性的命運。

廖輝英的不歸路得獎在聯副刊出之後，我仍然很喜歡，天天都看。但是，沒有油蔴菜籽那種感動，因爲李芸兒的悲劇是絕對避免的了的。李芸兒原是一個很乖的女孩，在她與方武男許多次苟合之後，怎麼都想不到她的老母？母愛的力量有多麼的大！只要她想起一次，方武男帶給她肉體的歡愉就會減低了，她就不忍爲情慾做出那樣大的犧牲。

我的思想可能落伍了。我年輕的時候男多女少是一個一家有女百家求的好時代。隔了二十年，女人甘願做妾，人家還不要，有點無法接受。

我絕對相信在任何時代都有像李芸兒這樣的女子，廖輝英在「不歸路」中叫李芸兒自己說出：「這樣的賤啊！」我們那個時代對這樣的女子不忍說賤，稱之爲沒有靈魂。僅只二十年，變化就這麼大！我記得我那時看過一篇小說：女主角在童年被人猥褻，以爲自己遭受強暴，這件事她沒有對人說，一直是她心中一個陰影。長大之後因此自暴自棄，行爲放蕩，後來與一個尋花問柳的男人發生了關係，發現她還是一個處女。那個男子摑了她一耳光，罵道：「你觸老子的霉頭，老子玩女人，可從不玩處女。」把身上的錢都掏出來給了她，憤憤的走了。每個時代都有一些形形色色的人，但是，心中總以爲應該盜也有道。

不歸路中除了李芸兒自取侮辱，方武男對於玩弄處女也毫無愧色。朱子家訓中說：「見色起淫報在妻女。」我們今天的社會眞的墮落成這樣了嗎？

以前看張愛玲的「半生緣」，看到女主角曼楨被姊夫鴻才強暴，不能同意，說寫的不合理，處女本身有避邪的作用。後來聽到張愛玲說她寫的時候知道這一點沒有處理好，爲了下面故事的發展不得不如此。看來再過二十年，處女二字可能變成了一個陳舊的名詞。

因爲自己是從一家有女百家求的時代走過來的，對於今日像李芸兒這樣的女孩，心中想說的話與書中的母親相同：

「我們世代清白——」

從「油麻菜籽」到「不歸路」

黃　晴

從「油痲菜籽」到「不歸路」，廖輝英一直以她女性的冷眼在觀照這個過渡時代的男女情愛和女性地位。

「油痲菜籽」無疑是一篇成功的作品，而後來的「不歸路」則相較之下大爲失色。做爲廖輝英的忠實讀者，我認爲，她的功力不止於此，此時此地，提出缺點可以讓她更上層樓，不至於在喝采中迷失自己。

「油痲菜籽」的筆調是灰暗的，但文中的人物讓人產生哀憫憐愛的同情之感，生動鮮明有若我們身邊發生的事、鄰巷聽來的故事。其眞實誠懇幾類於自傳。

相反的，「不歸路」的調子就膚淺得多——正像女主角李芸兒第一次和方武男約會時選擇的衣飾：「一襲鵝黃色的迷你洋裝，外罩一件油綠的鈎織背心」。這樣的搭配也許乍看亮眼，卻實在不是什麼高明高級的品味。

說老實話，「不歸路」表現的最好的是「寂寞」，如果不是寂寞，我們實在無法了解爲什麼一個女人會甘心任人糟蹋身心至這等地步！

方武男的狠、李芸兒的軟弱似乎專表現在他們兩人的關係上。方武男這個人物的塑造是成功的，從頭到尾，讀者清清楚楚看到他的齷齪和可恥，那種壞，讓人覺得眞實，因爲他沒有掩飾過，旁觀的人包括李芸兒的同學妙玉、少華都心裡雪亮，直頭楞腦的只有李芸兒，爲什麼這麼清楚明白的陷阱她會一頭栽下去呢？——因爲她實在寂寞！

讓我們來看，在「不歸路」這篇小說中，「寂寞」製造了多少荒謬的容忍和離合：

首先，方武男佔有了李芸兒的「初夜」之後避不見面一個月，在李芸兒等得肝腸寸斷時，這個男人突然又全無歉意的出現，而且還「連她是否同意都不徵求」地約她晚上六時見面。李芸兒呢？在男人「完全無視於她的情緒之下」居然還「在頸上、耳後和肘間、胸前、腕上，仔仔細細點了香水」地去赴約。

這一天晚上的約會在「蛇也似的廝纏」後突生勃谿，「大情人翻起臉來」橫眉豎眼、反面無情——種種委屈，李芸兒除了哀哀哭泣之外，都忍下了。

作者說得很清楚：「不藉有形的距離或新人，李芸兒那能離開方武男」？不錯，即使是這樣一個一進旅館房間，就「拉領帶，解鈕釦，露出多而鬆坍的一身肉」的男人，也總比連一個戀愛都沒談過好。

事情鬧開以後，老母哭到鄰居方家去，方武男「躲得像龜孫子」，老太太被方太太幾句話逼了回來，李芸兒無顏在這條巷子住下去，深夜離家在西門町的一個小旅館裡哭了一夜，第二天早上居然果斷得立刻租了一個獨門的小公寓，買床置被，夢想留住她的男人，可惜安頓妥當之後，一個電話打到方武男辦公室，對方照例滿嘴不耐煩，火氣甚大地搶白一頓；不過在李芸兒這邊卻是：「倒也給她一種解脫……和煥然開始一個新生的期待。」

不可思議的事在李芸兒身上層出不窮，不管方武男對她如何惡言厲色，每一次她如何欲生欲死，只要他興致一來，把她「抱在懷裡」、「完事之後」，就什麼都忍下了！最離譜的是幾乎是直接逼她自殺的方武男，在李芸兒甫自鬼門關撿回一條命時，只俯身說了一句：「別說話，先把身體養好再說。」李芸兒就「置身在這無情天地之間，能有一個心繫的男人緊挨身旁，看著自己掛著點滴，一分一秒慢慢地流著……攬著幾分安慰，不知不覺就沉沉睡去了」。

方武男的壞，從頭貫徹到底，李芸兒的個性卻是曖昧不清的。一開始方武男一句：「想聽妳的聲音……帶妳出去爬爬山、透透氣」使她深受感動，因爲「二十多年來，她一直是乖巧的女兒和學生，深受長輩喜愛，但這種喜愛完全根於她的柔順聽話，就沒有人，打從心裡無條件的疼惜她」。妙玉等精明強幹的同學也一再說她

「軟趴趴」的，事實上，這個柔順的女孩在母親關心她、叮囑她寒暖留心時，總是「摔了門就跑」。不願人家聽她電話時，也能夠用眼睛硬把嫂嫂請下樓去。還有，看見方武男和其他女人在一起時，也能夠出口就罵「臭女人」。在衆目睽睽之下和他抓抓打打。

尤其是，由李芸兒口中說出的許多話，其實「爽利」有如洪妙玉（事實上，連張少華的口白所表現出來的個性也和洪妙玉相差無多），譬如第三十一頁的「你既要偸腥，又要維護家庭……世上那有這麼美的、兩面光的事？所有的好處都該你得，一點責任也不必負？」又如六十八頁離家之後，她打電話給少華：「妳替我寫辭呈，順便妳也辭吧。早上我已寄了兩份履歷表去賓果公司，希望很大，即使沒錄取，我們也可以做成衣設計，……怎麼樣，一不做二不休，開始我的計畫吧。」

同樣的「魄力」以後又出現在某次和方武男鬧氣尋死之後決意搞餐飲。作者在這兒對她的力量從何而來實在欠缺說明，尤其是李芸兒家境普通，離家之後私蓄蕩然，資金從何而來？搞餐飲的訣竅也不是「腦子裡塞滿怎樣招徠生意的點子」就能夠想得通的！

西餐廳的生意意外的好，合夥人對她「把店裡收入拿去用」和方武男「來了就像他是老闆似的，對小妹頤使氣指的」也全不在意，這都是奇蹟。總之，李芸兒自從開了西餐店以後就不復過去那種軟腳蝦的角色——只是，對方武男，她是徹頭徹尾的沒用！

從一次又一次地被辱和尋死，結局李芸兒居然決意離開方武男，到醫院拿掉胎兒，讀者感受到的實在只是突兀，如果前面的羞辱都可以忍受，這一回方武男的漠然又爲什麼吞不下去呢？

如果前面因爲寂寞，「不藉有形的距離或新人」，就離不開這個男人，又爲什麼在跟他沒名沒分、閃閃爍爍地過了將近十年，一時一刻，面對三十三歲以後更漫遠寂寥的歲月反倒邁得開腳步？

作者很明顯地是一個自我甚爲強烈的時代女性。或者因爲這個緣故，她在描寫這個軟趴趴的角色時就失去了她塑造「油蔴菜籽」裡那個母親和阿惠的功力。而也正因爲她是女性，在描寫方武男時，她認眞揣摩了一個惡男人的嘴臉，對話行爲恰如其人。反之，書中的女性，由她信口道來，反倒一個個失去應有的生命。

這本書失敗在作者把自己露得太多。成功的小說應當塑造鮮活的人物，而不是把作者個人的心路歷程展現給讀者，基本上，這是小說與散文的最大差異。

無論如何，廖輝英是這幾年文壇上最令人刮目相看的女作家，甚至可以說是數一數二的。「油蔴菜籽」勢必不朽，「不歸路」至少能夠做爲天下許多無知女子的借鏡，我個人認爲，本書第二十一到二十二頁乃是懷春少女最佳性教育參考資料。

當代名家

不歸路

1983年12月初版　　定價：新臺幣200元

2009年9月初版第二十刷

著　者　廖輝英
發行人　林載爵

出版者　聯經出版事業股份有限公司
地址　台北市忠孝東路四段555號
總經銷　聯合發行股份有限公司
發行所:台北縣新店市寶橋路235巷6弄6號2F
電話:(02)29178022
台北忠孝門市:台北市忠孝東路四段561號1F
電話:(02)27683708
台北新生門市:台北市新生南路三段94號
電話:(02)23620308
台中分公司:台中市健行路321號
暨門市電話:(04)22371234 ext.5
高雄辦事處:高雄市成功一路363號2F
電話:(07)2211234 ext.5
郵政劃撥帳戶第0100559-3號
郵撥電話:27683708
印刷者　世和印製企業有限公司

行政院新聞局出版事業登記證局版臺業字第0130號

本書如有缺頁，破損，倒裝請寄回聯經忠孝門市更換。　ISBN 978-957-08-0328-0 (平裝)
聯經網址 http://www.linkingbooks.com.tw
電子信箱 e-mail:linking@udngroup.com

國家圖書館出版品預行編目資料

不歸路／廖輝英著．--初版．
--臺北市：聯經，1983年
182面；14.8×21公分．-- (當代名家)
ISBN 978-957-08-0328-0(平裝)
〔2009年9月初版第二十刷〕

857.7 82009956